DANI COLLINS

Le secret d'une secrétaire

Traduction française de
FREDERIQUE LALLEMENT

AZUR

HARLEQUIN

Collection : Azur

Titre original :
THE BABY HIS SECRETARY CARRIES

HARPERCOLLINS FRANCE
83-85, boulevard Vincent-Auriol, 75646 PARIS CEDEX 13
Service Clients — www.harlequin.fr
ISBN 978-2-2805-1036-3 — ISSN 0993-4448

Édité par HarperCollins France.
Composition et mise en pages Nord Compo.
Imprimé en octobre 2024 par CPI Black Print (Barcelone)
en utilisant 100% d'électricité renouvelable.
Dépôt légal : novembre 2024.

FSC www.fsc.org MIXTE Papier issu de sources responsables FSC® C159065

Pour limiter l'empreinte environnementale de ses livres, HarperCollins France s'engage à n'utiliser que du papier fabriqué à partir de bois provenant de forêts gérées durablement et de manière responsable.

Prologue

Molly Brooks était déjà consciente de la banalité de sa tenue – un chemisier sur une jupe-culotte dépourvue de la moindre élégance – lorsqu'elle sortit de l'ascenseur sur le pont supérieur de l'*Alexandra*. N'ayant pas eu le temps d'aller faire des achats en vue de ce voyage, elle avait dû puiser dans ses vêtements disponibles, dont aucun n'était approprié à une telle occasion.

Aussi, entendre un homme en uniforme blanc l'interpeller au moment précis où, malgré l'allure paisible du super yacht qui voguait au-delà de Chypre, elle fut déséquilibrée ne l'aida pas à se sentir plus assurée.

— Êtes-vous censée vous trouver sur ce pont ?

En fait, elle n'aurait pas dû s'y trouver, mais les circonstances l'exigeaient.

Sa supérieure hiérarchique immédiate, Valentina, s'étant fait une entorse au genou la veille et devant rester allongée, Molly s'était retrouvée dans l'heure – à sa place – à bord d'un avion en direction de la Méditerranée.

— J'apporte ceci à mon employeur, Georgio Casella, répondit-elle en montrant son porte-documents. Pour approbation et signature.

— Pourquoi ne fait-il pas cela par voie électronique ?

Parce qu'il s'agissait d'un document comportant des

informations confidentielles, ce qui ne regardait pas l'employé zélé.

Molly afficha un sourire poli.

— Je l'ignore. Vous pourriez peut-être lui poser la question après m'avoir accompagnée jusqu'à lui.

Tout en grommelant, l'homme la précéda dans un luxueux salon surmonté d'un lustre en cristal, dont les grandes fenêtres donnaient sur la mer, et doté de profonds canapés agrémentés de coussins colorés. De là, ils passèrent dans une pièce aux lumières tamisées où se dressait un bar en acajou garni de hauts tabourets recouverts de cuir devant des étagères remplies de bouteilles et de verres. Ensuite, ils débouchèrent sur l'espace extérieur.

Là, surprise.

Gio – ainsi qu'elle l'appelait dans ses pensées – était allongé dans la piscine, les bras nonchalamment appuyés sur le rebord, l'eau effleurant son ventre aussi musclé que bronzé.

Ciel, quel spectacle. Bien malgré elle, cet homme la fascinait. Sa bouche s'asséchait chaque fois qu'elle se retrouvait seule en sa présence – ce qui était fort heureusement rare car elle n'était que l'assistante de Valentina, son assistante exécutive. Et jusque-là, elle ne l'avait jamais vu ailleurs que dans son bureau londonien. Et habillé !

Molly releva aussitôt les yeux pour les ramener sur son visage. Malgré ses lunettes de soleil aux verres réfléchissants qui dérobaient son regard à sa vue, elle eut conscience d'avoir attiré son attention, et pria pour qu'il ne la renvoie pas illico dans ses quartiers.

Terriblement gênée, elle lança des sourires d'excuse à la ronde. À la femme en monokini à côté de lui, au second couple dans la piscine, aux hommes debout devant un bar extérieur, puis aux deux femmes – pas plus habillées que la première – allongées sur des lits de plage. Devant la dernière, son sourire se figea.

Sasha... ?

C'était elle en effet, mais très différente de l'image gravée dans son souvenir. Ses cheveux, autrefois d'un châtain très clair, étaient d'un blond lumineux. Son corps, débarrassé des rondeurs de l'adolescence et de la grossesse, était d'une extrême minceur. Et elle était maquillée.

À sa vue, une expression aussi horrifiée que stupéfaite envahit les traits de Sasha. Elle ramena aussitôt un couvre-maillot vaporeux sur ses seins nus avant de s'exclamer :

— Que faites-vous ici, *vous* ?

— Qu'est-ce qui te prend, Alexandra ? demanda la voisine à moitié nue de Gio. Ça te choque de voir un membre du personnel sur notre pont. Je ne te savais pas si snob.

Gio intervint alors.

— Ce n'est pas une employée de bord, mais l'assistante de mon assistante exécutive. De quoi avez-vous besoin, Molly ?

Molly se racla la gorge afin de se remettre du choc de revoir la mère de sa sœur adoptive pour la première fois depuis onze ans.

Avoir quitté Londres dans l'urgence pour passer une semaine à bord du yacht des Zamos l'avait empêchée de faire des recherches sur son propriétaire – et donc de voir des photos. Au lieu de cela, pendant le vol, elle avait étudié le dossier sur les négociations en cours entre les deux hommes. De toute manière, elle était censée rester dans les quartiers de l'équipage. Seule Valentina était autorisée à côtoyer les pairs de Gio.

Comment donc aurait-elle pu imaginer tomber sur Sasha ? Elle la savait issue d'une famille très riche, mais pas au point de posséder un super yacht ou de fréquenter un tel monde.

Molly éleva donc son porte-documents avant de répondre :

— Valentina m'a chargée de vous apporter ce dossier au plus tôt pour signature, monsieur Casella.

Elle espéra que Gio attribuerait les subites couleurs de ses joues à la honte de les avoir dérangés. Elles étaient cependant dues à sa peur de trahir le passé douloureux de son amie qui semblait vivre à présent l'existence heureuse qu'elle méritait. Sasha allait-elle demander à Gio de la renvoyer ? Elle ne ferait tout de même pas cela. Si ?

— L'assistante de votre assistante exécutive ? lança narquois un des hommes en train de verser des martinis dans des verres. Pas étonnant qu'il m'ait été si difficile de vous joindre pour vous transmettre cette invitation.

Rafael Zamos, en déduisit Molly. Et Sasha devait donc être sa femme puisque son amie l'avait accusée de parler au personnel avec snobisme. En tout cas, son mari était très séduisant avec son corps musclé.

Elle détourna les yeux et regarda furtivement Sasha qui lui sembla avoir pâli, et s'était abritée derrière des lunettes fumées et sous les larges bords d'un chapeau.

— Je suis désolée d'avoir interrompu votre moment de détente, monsieur Casella. Voulez-vous que je laisse ce dossier sur la table ?

— Non. Si Valentina vous a envoyée, je dois prendre connaissance de ces documents au plus tôt.

Il posa alors un pied sur le rebord de la piscine et se hissa sur le teck en un mouvement plein d'aisance.

Molly faillit rester bouche bée face à son torse puissant, au-dessus de son maillot noir moulant, et ses longues jambes aux muscles parfaitement dessinés.

Un employé de pont lui présenta aussitôt une serviette. Il l'enroula autour de ses hanches étroites, puis fit signe à Molly d'approcher.

Le cœur battant à tout rompre, elle contourna les pieds aux ongles vernis de Sasha et ouvrit le porte-documents en cuir. Elle sentait tous les regards rivés sur eux tandis que Gio lisait la première page puis essuyait ses doigts sur la serviette avant de soulever le feuillet pour avoir accès au deuxième.

Rafael Zamos servit alors les martinis, détournant un instant l'attention générale.

— Merci, mon amour, dit Sasha en prenant une longue gorgée de son cocktail.

Sa main n'était pas assurée. Molly vit le regard de son mari s'arrêter dessus. L'avait-il remarqué ?

— Vous avez un stylo ?

La voix de Gio la fit tressaillir. Elle vit son propre visage se refléter dans ses lunettes, rêva de voir ses yeux, mais fut heureuse de ne pouvoir le faire. Leur bleu glacier – hérité de sa mère islandaise – lui donnait toujours l'impression de percer son âme. Des yeux fascinants qui contrastaient avec son corps de type méditerranéen – hérité, lui, de son père italien.

Molly se ressaisit pour sortir l'objet demandé de la poche de sa jupe-culotte.

— Calmez-vous, murmura alors Gio. Je ne suis pas fâché de vous voir ici.

Sa nervosité n'était donc pas passée inaperçue. Pourtant, la perspective d'être licenciée sur-le-champ était le dernier de ses soucis. En revanche, elle était terrorisée à l'idée d'exposer involontairement Sasha alors qu'elle lui avait promis de ne jamais révéler son secret.

Gio prit le stylo qu'elle lui tendait, apposa sa signature au bas du document puis, lui rendant le tout, demanda à Rafael Zamos :

— Pourriez-vous faire envoyer ces documents sur le continent ? Je souhaiterais qu'ils soient à Londres demain matin.

— Bien sûr, répondit son hôte tout en faisant signe à son employé qui attendait de raccompagner l'intruse dans les quartiers où était sa place.

— Je suis désolée, dit alors Molly tout en serrant le porte-documents contre sa poitrine. Je resterai dans les étages inférieurs dorénavant.

— J'étais simplement surprise de vous voir ici, répliqua Sasha d'un ton défensif. J'aime savoir qui se trouve à bord, y compris les employées que nos invités amènent avec eux.

— Tu croyais que nous avions un clandestin à bord ? demanda Rafael Zamos tout en scrutant le visage de son épouse.

Sasha ignora sa question et poursuivit à l'intention de Molly :

— Que faites-vous exactement pour Gio ?

— Comme le disait M. Casella, je suis l'assistante de Valentina. Je l'aide dans sa correspondance et fais des courses pour elle afin de la libérer pour des tâches plus urgentes. Comme elle vient d'avoir un accident, je l'ai remplacée à la dernière minute. C'est probablement la raison pour laquelle vous n'avez pas vu mon nom sur la liste des passagers.

Sasha se tourna alors vers son époux.

— Tout bien réfléchi, j'ai besoin de ma propre assistante. Ne serait-ce que pour se charger de petites choses telles que mettre à jour la liste des passagers.

— Une vie heureuse dépendant d'une femme heureuse, je vais charger Tino de contacter une agence dès aujourd'hui.

— Merci, mon chéri. Quant à vous, Molly, venez demain matin prendre le petit déjeuner avec moi dans ma cabine. Vous pourrez m'expliquer vos attributions en détail afin que j'engage la bonne personne. Cela ne vous dérange pas, Gio ?

— Pas du tout. Sauf si vous avez l'intention de me l'enlever. Cela ennuierait Valentina autant que moi. Molly reste toutefois libre de son choix, bien entendu.

Sur ce, il laissa tomber sa serviette et redescendit dans la piscine.

— Très bien, dit alors Sasha. Venez me retrouver à 10 heures. Les hommes seront en réunion, et ces dames dormiront probablement encore. N'est-ce pas, mes amies ?

La jeune femme dans la piscine se pencha vers Gio, l'air langoureux, pour répondre :

— Certainement. Comme je compte passer la nuit debout, j'aurai besoin de sommeil.

Serrant les dents face à cette grossière tentative de séduction, Molly adressa un faible sourire à Sasha sans savoir si elle devrait être heureuse de pouvoir lui parler en tête à tête, ou s'inquiéter de son invitation. Il serait peut-être judicieux d'appeler sa mère et de se préparer à rentrer à New York.

— Je serai dans votre cabine à l'heure, se contenta-t-elle de répondre avant de s'éclipser.

1

Huit mois plus tard...

En arrivant au siège de Casella Corporation, Molly dissimula une bouffée d'admiration à la vue de son patron qui se tenait dans le couloir séparant son espace de celui de Valentina. Elle avait toujours eu un faible pour les hommes en costume-cravate, mais une telle tenue prenait une dimension entièrement différente sur Georgio Casella. Peut-être à cause de son regard au bleu clair pénétrant, ou en raison de ses cheveux dont une mèche semblait éternellement tomber sur son front. Quoi qu'il en soit, il était intolérablement sexy.

Ce n'était pas qu'elle cherche à le remarquer, mais il attirait irrésistiblement son regard.

— Venez tout de suite dans mon bureau, Molly.

— Je prends ma tablette et j'arrive.

Elle essuya ses paumes soudain moites sur ses hanches, nerveuse à l'idée de demander à Valentina, le jour même en privé et après leur réunion avec Gio, une autorisation d'absence pour raison médicale.

— Nous n'en aurons pas besoin.

Sur ce, il lui fit signe de le précéder à travers l'espace de son assistante exécutive où, bizarrement, les lumières n'étaient pas encore allumées.

Le bureau de Gio avait des proportions impressionnantes. En plus d'un coin détente avec un grand canapé en cuir et des fauteuils face à la vue sur les gratte-ciel londoniens, un renfoncement discret abritait un bar et une kitchenette permettant au grand patron d'y manger avec un client privilégié.

— Je pensais que vous ne deviez venir qu'à 10 heures pour notre réunion avec Valentina. Elle n'est pas encore arrivée ?

— Elle ne viendra pas, répondit-il tout en fermant la porte derrière eux.

Molly sentit son estomac se contracter, lui rappelant que sa période de nausées matinales n'était pas encore terminée. Le souffle soudain court, elle attendit debout que Gio fasse le tour de son bureau en acajou. Au fil des secondes, sa nervosité augmenta.

S'il avait remarqué son béguin pour lui, il n'avait jamais fait allusion à son inconvenance ni n'en avait profité. Hélas, l'énergie virile qui émanait de lui la rendait toujours vulnérable. Surtout en l'absence de Valentina, et davantage encore lorsqu'elle vit son regard glisser sur son chemisier rose pâle puis sur son pantalon gris clair quand il lui fit signe de s'asseoir.

Au contact de sa supérieure sophistiquée, Molly avait fait de gros progrès sur le plan vestimentaire et sur celui de sa coiffure, mais se sentait toujours dans la peau d'une petite provinciale du New Jersey. Valentina s'étant absentée de son travail une seule fois à la suite de son entorse au genou, elle s'inquiéta :

— Valentina a un problème de santé ?

— Non, elle va parfaitement bien. Elle aurait aimé assister à cette entrevue, mais je l'ai envoyée à New York hier soir. Elle va prendre la direction de la recherche et du développement de la société là-bas.

Molly eut du mal à dissimuler sa stupéfaction.

— J'ignorais que ce poste l'intéressait. En tout cas, c'est formidable pour elle.

En revanche, cela l'était moins en ce qui la concernait. Si Valentina ne l'avait pas jugée suffisamment performante pour l'accompagner, qu'allait devenir son avenir au sein du groupe ? Dans la lancée, elle pensa à son bébé et retint sa main qui se dirigeait instinctivement vers son ventre.

— Cette promotion est en préparation depuis quelque temps, mais nous l'avons gardée secrète. Valentina va avoir besoin de réorganiser notre bureau new-yorkais. De manière plutôt agressive, pour être précis.

Au haussement de sourcils éloquent qui accompagna cette précision, Molly comprit qu'un certain nombre de têtes allaient tomber. Bien que Gio ait souvent partagé des informations délicates, jamais il ne lui avait fait part d'actions aussi radicales avant leur exécution. Elle eut l'impression d'être invitée au cœur du cercle des élus. C'était flatteur. Déconcertant, aussi.

— Vous rédigerez un communiqué avec les données qu'elle vous fournira, poursuivit-il, et l'enverrez après avoir reçu mon approbation. D'autres suivront au fur et à mesure de notre restructuration. Aussi préparez-vous à avoir un surcroît de travail.

— Bien sûr. Cependant, ce genre de communiqué doit normalement mentionner le nom de son remplaçant. Ce choix a-t-il déjà été fait ?

Gio tapota le clavier posé sur la tirette de son bureau. Aussitôt l'écran de son ordinateur s'éclaira.

— Vous êtes la meilleure pour prendre sa suite, selon elle. Et j'approuve. Vos résultats ont tous été excellents. Voyez par vous-même.

Il fit alors pivoter son ordinateur pour lui montrer la colonne de notes maximales dans le tableau de l'évaluation réalisée deux mois plus tôt.

De stupeur, Molly agrippa les accoudoirs de son fauteuil.

— Oui, mais…

— J'encourage la promotion interne. Vous le savez.

Bien sûr, puisque c'était en postulant en interne depuis New York qu'elle était arrivée à Londres. Mais, même avec son diplôme de commerce et sa spécialisation en marketing et analyse, jamais elle n'aurait imaginé atteindre un jour les échelons les plus hauts, et surtout pas celui-ci.

— Je ne suis pas prête à travailler directement pour vous.

Tout en prononçant ces mots, elle entendit la voix de Valentina lors de l'entretien d'évaluation : « La confiance attire la confiance. Croyez en vous, Molly. »

— Valentina a délibérément augmenté vos responsabilités après cette évaluation afin de s'assurer que vous puissiez la remplacer.

— Uniquement parce que chaque service a reçu l'ordre de prévoir une succession en cas d'urgence.

Elle-même s'était vu attribuer Yu, une charmante jeune femme, qui l'avait suivie pas à pas pendant huit jours pour être prête à prendre sa place au pied levé.

— Eh bien, il s'agit d'une urgence. Valentina a désormais pour mission de redresser la barre à New York, et j'ai besoin d'une assistante qualifiée. Vous en l'occurrence. Alors, bienvenue dans votre nouveau poste.

C'était impossible ! Elle aurait déjà dû faire sa demande de congé après son échographie du troisième mois, mais elle n'avait pas pu car Valentina était sans cesse en déplacement avec Gio. Molly avait alors pensé donner son préavis trois semaines plus tard. Début juillet, les affaires étaient plus calmes, et cela lui laissait le temps de finir de former Yu. C'était la date ultime. Or elle ne pouvait mettre son patron au courant de sa grossesse puisqu'un accord de confidentialité la contraignait à la garder secrète. Même si celle-ci ne se voyait pas encore, ses collègues lui avaient déjà fait des réflexions sur ses nouvelles rondeurs. « Un problème de thyroïde », avait-elle répondu. Mais cette excuse ne tiendrait pas longtemps. Elle ne pouvait donc pas accepter ce poste en se sachant sur le point de partir. Expliquer l'urgence à Sasha lui était tout aussi impossible sans révéler des informations professionnelles. C'était un problème insoluble. En désespoir de cause, elle demanda :

— Puis-je y réfléchir pendant quelques jours ?

Gio poussa un soupir las.

— Écoutez, Molly, je sais que vous avez déjà contacté des chasseurs de tête.

— Pardon ? Qu'est-ce qui vous fait penser cela ?

— Valentina m'a fait part de vos après-midi de congé pour convenance personnelle. Je ne vous le reproche pas, il est bon de tâter le terrain de temps en temps afin de s'assurer de sa valeur. Au moins, vous êtes préparée pour cet entretien.

Molly faillit s'étrangler de rire. S'il savait ! Ces rendez-vous l'avaient préparée certes, mais à un tout autre engagement que celui d'assistante exécutive.

— Et je le suis aussi, reprit-il, si je dois entrer en compétition pour m'assurer votre loyauté. Voici votre nouveau salaire avec une prime à la signature si vous vous engagez pour un minimum de deux ans.

Il afficha alors une nouvelle page sur son ordinateur et la lui montra avant de poursuivre :

— Selon Valentina, vous étiez contente de Yu, mais elle a quand même sélectionné quelques CV supplémentaires. En plus, vous aurez une allocation vestimentaire car vous devrez constamment m'accompagner, un compte de dépenses personnelles ainsi que l'usage d'une voiture de fonction. Je pense avoir été généreux, mais je suis ouvert à la négociation. Même si personne n'est irremplaçable, je préférerais ne pas avoir à vous remplacer. Surtout lorsque nous sommes si à l'aise ensemble.

À l'aise, il plaisantait ? C'était bien la dernière chose qu'elle était avec lui !

En même temps, les chiffres affichés sur l'ordinateur l'aveuglaient.

Pourquoi fallait-il qu'il lui offre son travail de rêve au moment précis où, après avoir accepté de porter l'enfant de Sasha et de Rafael, elle était enceinte de plus de trois mois ?

Accepter ce travail lui était impossible. Non seulement il était très exigeant, mais sa grossesse allait bientôt devenir visible, et elle serait la cible d'une multitude de questions.

C'était pourtant rageant de devoir refuser. Elle en aurait volontiers pleuré.

— Votre offre me prend de court, réussit-elle à dire. Je ne vous laisserai certainement pas dans l'embarras maintenant que Valentina n'est plus là, mais j'ai vraiment besoin d'y réfléchir.

Gio se renfonça dans son fauteuil, dardant sur elle un regard pénétrant, comme s'il utilisait une vision ultra-performante pour scanner ses débats intérieurs. Était-il capable de voir l'importance de son béguin pour lui ?

— Êtes-vous engagée dans une relation amoureuse ?

Molly baissa les yeux sur ses doigts qui se crispaient. Comment le pourrait-elle quand aucun homme ne soutenait la comparaison avec lui ? Mais bien sûr, seule son offre d'emploi motivait sa question.

— Non. Puis-je cependant vous faire remarquer que vous n'avez pas le droit de me demander cela ?

— C'était uniquement à titre amical. Je comprends que vous vouliez un temps de réflexion, ce qui vous qualifie doublement pour ce poste. Vous n'êtes pas impulsive et savez gérer une crise avec sang-froid.

Elle serra les dents pour étouffer le rire hystérique qui lui montait aux lèvres. Il aurait dû la voir dans la cabine de Sasha huit mois auparavant quand, après une heure de discussion avec son amie tout juste retrouvée, elle avait déclaré : « Oui, je serai ta mère porteuse » !

Molly ne regrettait pas sa décision, bien sûr. Elle n'avait cependant pas pensé à l'époque que sa future absence aurait des répercussions sur la vie du bureau. La remplacer auprès de Valentina ne posait pas de problème. Mais l'assistante exécutive de Gio devait être constamment disponible. Et lui suffisamment à l'aise avec elle pour lui confier la gestion de ses affaires intimes telles que les bouquets de fleurs à ses maîtresses. Toutefois, c'était là un détail secondaire.

Elle chercha une manière plausible d'expliquer sa résistance. Oserait-elle évoquer des raisons médicales ? C'étaient celles prévues à l'origine après tout, avec à l'appui un certificat de son médecin indiquant que son « état » nécessitait un repos complet de six mois avec changement d'air...

La sonnerie d'un appel entrant sur l'ordinateur brisa soudain le silence entre eux. Gio prit la communication.

— Bonjour, Valentina. Je suis justement avec Molly qui cherche à me persuader de son manque de qualifications pour vous remplacer.

La voix distinguée de leur interlocutrice s'éleva alors, peinée.

— Je crains d'avoir à aborder un sujet plus urgent, Gio. Ilario – ignorant mon départ – vient de m'appeler. Votre grand-père est très malade et refuse de voir un médecin. Voudriez-vous que je vous rejoigne à Gênes ?

À ces mots, le sang se retira du visage de Gio.

Leur patron, c'était de notoriété publique, n'avait aucune

relation avec ses parents. Il avait été élevé par son aïeul et était très proche de lui. En assistante zélée, Molly réagit donc sur-le-champ.

— Bonjour, Valentina. Je prends en charge la situation. Je vous demande seulement de rester joignable au cas où j'aurais besoin de votre aide.

— Je le serai. Merci, Molly. Tenez-moi au courant.

— Bien entendu. Je fais préparer le jet.

Gio coupa alors la communication.

Dès leur arrivée à la villa de son grand-père à Portofino, Gio salua le majordome. Ilario occupait ce poste depuis le mariage d'Ottorino, soixante ans auparavant.

— Où est grand-père ?

— Dans sa chambre, monsieur. Voulez-vous aller le voir tout de suite ?

— Oui. Pendant ce temps, appelez son médecin sur-le-champ.

Il reprit alors le bras de Molly, geste qui lui était devenu naturel dès l'instant où ils avaient quitté son bureau à Londres. C'était étrange car elle n'était pas sa petite amie et n'avait nul besoin de son aide pour monter et descendre de voiture ou d'avion. Mais lui avait besoin de sentir la chaleur qui émanait de son bras sous son chemisier tant son propre corps était gelé.

— Bonjour, monsieur, intervint-elle alors.

Ses paroles s'accompagnèrent du sourire qui avait allumé un brasier en Gio dès leur première rencontre. Cette réaction si extrême l'avait poussé à garder la jeune femme dans son rôle subalterne. Cela lui permettait d'apprécier sa présence tout en le protégeant d'une possible dérive.

— Je suis Molly, poursuivit-elle, inconsciente des pensées qui l'agitaient. L'assistante de Valentina, qui est indisponible en ce moment. Pourriez-vous m'indiquer la chambre qui lui est réservée d'ordinaire afin que je ne vous encombre pas ?

Énervé qu'elle s'entête à ne pas utiliser son nouveau titre – mais elle en assumait la fonction à la perfection depuis leur départ –, Gio resserra la main sur son bras.

— Non. Accompagnez-moi voir mon grand-père. Une fois son état évalué, nous aurons du travail.

Il avait certes tout laissé tomber pour venir au chevet d'Ottorino, mais avec la bombe qu'il avait lancée sur leur bureau de New York en la personne de Valentina il se devait de suivre la situation en temps réel.

Par chance, Molly avait immédiatement pris les choses en main, avec un calme et une efficacité admirables. Pendant le vol, elle avait passé les coups de fil nécessaires, le laissant ainsi se préoccuper seulement du sort d'Otto. Et du sien si, hélas, un malheur devait arriver.

— Si c'est ce que vous préférez.

Que diable avait-elle besoin de lui murmurer son accord en lui prenant la main comme elle l'aurait fait pour réconforter un enfant. La sécurité n'existait pas ! Il le savait, mais serra quand même les doigts autour des siens tandis que son angoisse montait au fur et à mesure de ses pas.

— Gio…

Il s'arrêta, tant sa surprise fut grande de l'entendre utiliser son prénom pour la première fois. Son attention pour ses employées de sexe féminin se limitait à leurs capacités professionnelles. Pourtant, il avait eu d'emblée une conscience aiguë de Molly. Elle avait un teint de pêche et de grands yeux noisette. Pendant ses années sous la houlette d'une Valentina dotée de l'allure aristocratique d'une héritière, elle avait appris à mettre en valeur ses propres attributs. Sa chevelure, dont le châtain était rehaussé de reflets mordorés, était désormais joliment disciplinée, son maquillage à la discrétion étudiée embellissait ses traits et ses vêtements étaient toujours parfaits.

Récemment, elle avait pris quelques kilos qui, loin d'alourdir sa silhouette, lui avaient donné une volupté très féminine. Cela avait rendu plus difficile à Gio de détourner les yeux d'elle.

— Qu'y a-t-il ?

— Vous me faites mal à la main.

Il la lâcha immédiatement, puis se pinça l'arête du nez pour soulager la tension logée derrière ses yeux, tandis qu'elle poursuivait :

— Ce n'est pas grave. Je comprends combien ce moment est douloureux. Vous tenez vraiment à ce que je vienne avec vous ?

— Oui, j'y tiens.

Si on lui avait posé la question, Gio aurait affirmé ne pas être une personne dépendante. Il ne se permettait pas de l'être. Il excluait les gens de sa sphère intime avant qu'ils aient eu le temps d'y prendre de l'importance. Une leçon apprise très tôt. Bien trop tôt.

Peut-être était-ce ce qui était en train de se jouer ici. Il était irrité que Molly ait bondi à son secours le matin même, et la gardait proche de lui en attendant de comprendre comment elle le lâcherait.

Mais pourquoi ? Lorsque Valentina avait demandé à le quitter pour une promotion, Gio avait accepté sans hésitation. Il avait aussi dit à Molly que personne n'était irremplaçable, et le pensait.

Il n'était toutefois pas question de Molly en cet instant, se réprimanda-t-il. Il s'agissait de la perte inévitable de son grand-père. La mort pouvait être retardée, mais on ne pouvait pas l'empêcher. Nul ne vivait éternellement.

Devant l'appartement d'Otto, Gio s'arrêta et inspira profondément, s'armant de courage pour ce qui l'attendait. Molly lui prit la main et lui adressa un regard réconfortant. Il remarqua alors les éclats dorés dans ses iris noisette, puis le velouté de la peau de ses joues, et grande fut son envie de la caresser du pouce, voire de l'embrasser.

Elle cilla, comme sentant l'effet de ses pensées charnelles, et il ramena son attention sur la porte.

En faisant attention de ne pas lui serrer la main trop fort cette fois, il referma ses doigts autour des siens, puis tourna la poignée.

L'appartement de son grand-père, tout comme le reste de la villa, était resté tel que l'épouse d'Ottorino l'avait décoré. Rien n'y avait été changé, même après sa mort survenue des décennies auparavant. *Nonno*, comme il appelait son aïeul, ne s'était jamais remarié et avait pour seul fils celui que son grand amour lui avait donné.

Gio regarda son grand-père allongé en pyjama sur le grand canapé du salon. Il faisait soudain beaucoup plus que ses quatre-vingts ans malgré ses cheveux encore gris foncé soigneusement peignés.

— Tu dors, *nonno* ?

Celui-ci cilla, puis darda sur son petit-fils un regard aussitôt alerte.

— Ah ! tu es là. C'est une bonne chose. Qui est cette jeune femme, une infirmière ?

— Non, c'est Molly, mon... assistante exécutive.

Il avait bafouillé au moment d'employer le terme vu qu'elle n'avait pas encore accepté le poste, mais elle l'était à ses yeux.

Son grand-père sembla aussitôt ragaillardi. Il avait dû tirer des conclusions de sa brève hésitation car son regard glissa sur leurs mains enlacées.

Gio lâcha Molly avant de demander :

— Qu'a dit ton médecin ?

— Peu importe ce qu'il dit. Mon heure est proche. Si seulement tu étais marié et avais des enfants, Gio, je pourrais alors mourir l'esprit en paix. À quoi cela sert-il d'avoir travaillé toute une vie s'il n'y a personne pour assurer la relève ?

— Je le sais, *nonno.*

Gio s'en voulut de l'avoir déçu. En même temps, une vieille colère s'éleva en lui. Il avait essayé de réaliser le souhait de son grand-père trois ans plus tôt. Hélas, sa fiancée s'étant échappée à la dernière minute avec son amour d'enfance, il s'était retrouvé seul au pied de l'autel. Une terrible humiliation. Et chère vu la somme monumentale engagée pour le mariage. Il ne s'était pas soucié de chercher une relation sérieuse depuis.

À cet instant, trois coups discrets furent frappés à la porte.

— Tu n'as pas fait venir mon médecin, j'espère ? tonna son grand-père.

— Tu m'as formé à ton image, *nonno.* À quoi t'attendais-tu quand je suis aussi entêté que toi ? Nous allons voir ce qu'il en pense. Avoue que tu te sentirais stupide si j'avais fait tout ce chemin pour entendre dire que tu dois simplement avoir un régime plus riche en fibres ou autre.

— Épargne-moi ton humour, et voyons plutôt s'il me reste assez de temps pour organiser mon enterrement.

— Je vais vous laisser, intervint Molly. J'ai été très heureuse de faire votre connaissance, *signor* Casella. J'espère que vous irez très vite mieux.

— Appelez-moi Otto. Et ne vous éloignez pas, vous illuminez cette pièce.

— Je resterai tant que Gio aura besoin de moi, répondit-elle avec un sourire rassurant avant de marcher vers la porte.

— *La tua assistente* ? grommela le vieil homme, l'air sceptique.

Gio ne prit pas la peine de répondre et accueillit le médecin qui avait profité de la sortie de Molly pour entrer.

2

Sentant son estomac se soulever, Molly demanda à Ilario où se trouvait le cabinet de toilette le plus proche. Cette fois, il ne s'agissait pas de nausées matinales car l'après-midi était déjà bien entamé, donc le stress devait être la raison de son malaise.

Quelle journée !

Comme Gio l'en avait avertie, le surcroît de travail s'était immédiatement manifesté. Son téléphone n'avait pas arrêté de sonner dès l'instant où Valentina avait commencé à licencier à New York. La panique s'était propagée à tous les niveaux, des réceptionnistes au conseil d'administration. Chacun et chacune voulait savoir si son poste risquait d'être concerné. Sa seule réponse aux questions était : « Une annonce officielle va bientôt être faite. » Elle avait aussi rédigé un brouillon du communiqué demandé mais, Gio étant si troublé, elle ne le lui avait pas encore montré.

En temps ordinaire, Molly s'épanouissait dans les situations de crise. Elle adorait les défis que posait son nouvel emploi, ce qui rendait son impossibilité de l'accepter définitivement d'autant plus frustrante.

De dépit, elle gémit tandis qu'une nouvelle nausée lui soulevait l'estomac.

Aussitôt la voix de Gio s'éleva, accompagnée de coups frappés à la porte.

— Que se passe-t-il, Molly ? Vous êtes malade ?

— Non.

Elle se hâta alors de tirer la chasse, de se rincer la bouche puis de se passer un peu d'eau sur le visage pour rafraîchir ses joues rosies et effacer quelques traces de mascara. Même sans chercher à séduire Gio, il n'était pas question qu'il la voie dans un tel état.

— Dois-je demander au médecin de venir vous voir ?

— Inutile, je vais bien.

Elle se poudra en toute hâte, appliqua du rouge à lèvres, puis sortit.

— Qu'a dit le médecin au sujet de votre grand-père ?

— Il est encore avec lui pour lui faire quelques tests. Il pourrait s'agir d'un virus qui aurait touché son cœur. *Nonno* a accepté une perfusion, mais refuse d'aller à l'hôpital. Il craint qu'une fois là-bas le corps médical ne le laisse pas repartir.

Gio se passa alors une main dans les cheveux en soupirant.

— Il a perdu ma grand-mère après quinze ans de mariage et a déclaré avoir passé assez de temps sans elle. Ça me rend fou de ne pas pouvoir lui imposer un traitement.

— Je suis tellement désolée, Gio.

Et, en un geste naturel, comme elle l'aurait fait pour réconforter quiconque en proie à une telle peine, Molly lui enlaça la taille.

Dans la seconde, il se raidit. Réalisant alors avoir dépassé les limites de la bienséance, elle le lâcha, mais au même moment il referma ses bras autour d'elle et la plaqua contre son torse.

Même s'il agissait ainsi dans un moment de détresse, elle ferma les yeux, goûtant la délicieuse sensation de sentir les battements de son cœur sous sa joue et la chaleur de son corps irradiant à travers le sien. Elle huma son parfum de cèdre épicé si personnel, et eut la soudaine impression d'être à sa place là, dans son intimité.

Le besoin de lui caresser le dos et de lui tendre ses lèvres la submergea. Hélas, il la lâcha brusquement avant de marmonner :

— C'est inapproprié.

— Je sais, je suis navrée...

D'un geste de la main, Gio ignora sa protestation, signifiant le peu d'importance qu'il accordait à cette étreinte. Le cœur de Molly se serra.

Lui désignant alors la porte du cabinet de toilette du menton, il demanda :

— De quoi s'agissait-il, si vous n'étiez pas malade ?

— Un simple accès de nervosité.

Et, pour éviter de porter les mains à son ventre, elle les enfouit dans les poches de son pantalon.

— Ce n'est quand même pas ce travail qui vous rend nerveuse, j'espère. Vous avez réagi au quart de tour ce matin et fait exactement ce que j'attendais de vous. Si vous trouvez mes conditions financières insuffisantes, faites-moi part des vôtres. Je vous l'ai dit, je suis ouvert à la négociation. Maintenant, allons-y, le travail nous attend.

Sous son regard bleu glacier, Molly sentit son ventre se contracter, et sa voix sortit, soudain fluette.

— Je ne peux pas accepter ce poste.

Elle baissa les yeux sur les carreaux noirs et blancs du couloir. Quel motif approprié ! Il lui semblait être sur un jeu d'échecs à taille humaine où elle voyait soudain échouer toutes ses tactiques stratégiques longuement planifiées. Et aucune solution ne lui était venue à l'esprit depuis l'annonce de Gio...

Il croisa alors les bras, redevenant son impressionnant patron.

— Quel est le problème ? Parlez, bon sang.

Travailler à ses côtés était la chance de sa vie. Or, étant tenue au secret, elle ne pouvait pas la saisir.

D'un autre côté, refuser ce poste revenait à abandonner tout espoir de carrière car, à son retour dans un peu plus de six mois, il serait certainement pourvu. Sur le plan personnel, cela impliquait de renoncer à une chance exceptionnelle de connaître un peu mieux cet homme extraordinaire.

Une employée de maison passa près d'eux, chargée d'un plateau pour Ottorino Casella.

Gio lui lança un regard impatient, visiblement énervé par cette interruption, puis prit le coude de Molly, comme il le faisait depuis leur départ de Londres, et la guida jusqu'à une chambre décorée dans des couleurs très masculines et dotée d'un espace salon avec un bureau placé devant une porte-fenêtre ouvrant sur un large balcon.

— C'est ma chambre. Personne ne nous dérangera ici. Aussi vous pouvez me parler librement.

Je n'ai pas le droit de le faire !

Néanmoins, elle devait lui fournir une explication...

— Les rendez-vous que Valentina a vus sur mon emploi du temps étaient d'ordre médical. Je ne veux pas en discuter, mais je peux vous dire que je vais avoir besoin de prendre un congé pendant un certain temps.

— Bon sang ! jura-t-il. Vous êtes *enceinte* ?

— Pourquoi dites-vous une chose pareille ?

Gio la vit alors agripper le dossier d'une chaise comme pour se retenir tandis que lui-même avait l'impression d'avoir reçu un coup de poing en pleine figure. Cela était la seule explication possible à sa réticence à accepter un poste que la plupart de ses employées auraient convoité et aux haut-le-cœur qu'il venait d'entendre.

— Parce que c'est la conclusion évidente. Ne le niez pas. Votre expression est éloquente.

En un éclair, le sang reflua du visage de Molly. Il crut un instant qu'elle allait s'évanouir, mais elle redressa le dos et tourna la tête vers la fenêtre.

Lui-même se sentit profondément ébranlé. Pourtant, tout le monde avait le droit d'avoir une vie privée. Même elle... Qui pouvait bien être son partenaire ? Il se souvint alors des paroles qu'elle avait prononcées dans son bureau.

— Vous m'avez dit ce matin ne pas être engagée dans une relation amoureuse.

— C'est le cas, répondit-elle avec une fermeté étonnante. Je ne souhaite pas poursuivre cette discussion. Ma vie privée ne concerne pas mon employeur.

Sur ce, elle marcha jusqu'à la porte-fenêtre et s'absorba dans la contemplation du paysage. Il en profita pour observer avec attention sa silhouette. Elle s'était arrondie depuis quelques mois, c'était indubitable, mais avait toujours le ravissant petit derrière qu'il prenait toujours autant de plaisir à regarder.

Gio se passa une main dans les cheveux tout en essayant d'assimiler l'idée que Molly était enceinte. Une surprise supplémentaire dans une journée déjà riche en événements. Une pensée lui vint à l'esprit, qu'il formula presque inconsciemment.

— Valentina n'est pas au courant.

Si elle l'avait été, lui en aurait-elle parlé ? Probablement pas car, aussi loyale que soit son assistante exécutive, elle avait aussi un fort sens de l'éthique et n'aurait jamais évoqué la vie privée de quiconque sans en avoir reçu au préalable l'autorisation.

— Personne n'est au courant, répliqua Molly en faisant volte-face. En général, on n'annonce pas une grossesse avant d'être certain que le bébé est bien implanté, c'est-à-dire avant le troisième mois.

De toute évidence, une fausse couche l'inquiétait. Elle désirait profondément cet enfant. Bien qu'il n'ait pas le droit de s'en soucier, Gio se demanda qui diable était cet homme qui lui avait fait l'amour mais n'était pas engagé avec elle.

— Le père est-il au courant ?

La bouche de Molly se pinça.

— Je ne suis pas tenue de partager cette information avec vous.

Il fut vexé qu'elle doute des intentions motivant ses questions.

— Je ne cherche pas à mettre un terme à votre emploi, Molly, mais à le préserver. Si vous avez besoin d'un congé maternité, vous l'aurez. Nous trouverons ensemble le moyen de poursuivre votre travail en votre absence. Je ne vois pas en quoi cela vous empêche de devenir mon assistante.

La question de son grand-père posée d'un air sceptique lui revint à l'esprit : « *La tua assistente ?* » Puis ce qu'il lui avait dit précédemment : « Si seulement tu étais marié et avais des enfants, Gio, je pourrais mourir l'esprit en paix. »

— Je comptais demander à Valentina un congé de six mois à commencer dans trois semaines. Donc maintenant, vous connaissez mes intentions. Bien sûr, je vous aiderai à choisir la remplaçante de Valentina, si vous le souhaitez.

— Dans trois semaines ? Mais vous êtes enceinte de combien ?

— Oui, trois semaines, répondit-elle, ignorant sa question suivante. Ce sujet n'appelle aucune discussion, Gio, et il est aussi secret que les informations que vous partagez avec moi au sujet de la société. Je vous demande de n'en parler à personne.

Il ne l'avait jamais vue aussi combative. Son dos était droit, son menton relevé et ses yeux lançaient des éclairs. Il trouva cela extrêmement excitant.

Et fit taire aussitôt sa libido subitement enflammée.

Une autre phrase de *nonno* s'imposa alors à sa mémoire : « Ne vous éloignez pas, vous illuminez cette pièce. »

Pourrait-elle aussi illuminer les derniers jours d'un vieil homme ?

Aussitôt il se mit à assembler les pièces du puzzle mental qui se présenta à son esprit.

— Très bien. Toutefois, sans vouloir être indiscret, j'ai besoin de savoir si le père de votre bébé acceptera que vous me consacriez les trois semaines à venir.

Après avoir pincé les lèvres comme si elle se livrait à un débat intérieur, Molly déclara :

— Le père et moi ne sommes pas liés. Du moins de la manière que vous suggérez.

Voilà qui était parfait.

— Je travaillerai jusqu'au 21 de ce mois, poursuivit-elle. Jusque-là, il n'y verra aucun inconvénient.

— Refusez-vous mon offre car il va vous entretenir, le bébé et vous ?

— Trois semaines pas plus. Quant au reste, le sujet est tabou, je vous l'ai dit. Ce sont là mes conditions.

— Trois semaines pendant lesquelles je vais peaufiner *mes* conditions pour vous persuader de rester. Dès à présent, vous bénéficierez de ce que je vous ai offert ce matin. De plus...

La voyant prête à l'interrompre, il l'en empêcha d'une main levée.

— De plus, vous toucherez la prime à la signature, et je la doublerai chaque fois que vous doublerez le temps de votre engagement avec moi.

— Pardon ?

— Je la doublerai si vous acceptez de rester trois semaines de plus, et à nouveau si vous restez douze semaines.

— Cela n'arrivera pas. Je ne cherche pas à faire monter les enchères, Gio. Je vous ai exposé la réalité de ma situation.

— Eh bien, je la vois différemment. Désormais, vous aurez besoin d'un ou d'une assistante supplémentaire car je serai votre seule priorité.

Aussitôt énoncée, l'idée de devenir sa priorité lui plut énormément. Sur cette lancée, il poursuivit :

— Nous travaillerons depuis mon bureau de Gênes dans les jours à venir. Je comprends que votre état vous limite sur le plan physique mais, cela mis à part, vous adopterez tous les rôles que je jugerai utile de vous voir jouer.

Molly écarquilla les yeux tandis que ses pommettes prenaient une douce teinte rose.

En temps normal, Gio ignorait ce genre de manifestations trahissant l'attrait des femmes pour lui. Avec Molly toutefois, il était toujours conscient de la manière dont elle le regardait et aimait qu'elle le fasse.

Étant son employeur, il s'était toujours efforcé de dissimuler son intérêt pour elle. Cet intérêt avait pourtant été sa seule réticence au moment de la prendre pour assistante exécutive. Jusque-là, il avait été certain de pouvoir rester réservé avec elle. Seulement leur situation était en train de changer et de devenir beaucoup plus personnelle qu'il ne l'avait imaginé.

Peu importe, il pourrait gérer cela aussi.

Hélas, à cet instant, Molly se mordit la lèvre, geste qui alluma un brasier en lui.

— Si j'accepte cette condition, pouvez-vous me donner votre parole de ne révéler ma grossesse à personne ?

— Je vous la donne.

Et, pour le lui prouver, il lui tendit la main.

Elle déglutit, puis scruta son expression.

Qu'attendait-elle de plus ? Qu'il lui assure de ne jamais

franchir les limites de la bienséance ? Si c'était le cas, son espoir était vain car il avait l'intention de piétiner ces limites au point de les effacer.

— Alors, insista-t-il, sommes-nous arrivés à un accord ou cherchez-vous à obtenir une somme plus importante pour la prime à la signature ?

Elle revint en toute hâte vers lui pour lui serrer la main.

— Ne soyez pas ridicule. Vous êtes déjà très généreux. Je vous remercie.

— Ce n'est pas une question de générosité, Molly. Je suis simplement prêt à payer le prix pour obtenir ce que je veux.

Elle tenta de retirer sa main, mais Gio la retint.

— Que voulez-vous dire ?

— Nous allons annoncer à mon grand-père que vous êtes ma fiancée.

3

Molly, totalement abasourdie, regarda Gio. Son expression tout comme sa manière de serrer sa main dans la sienne la dissuadèrent de protester.

À cet instant, un gargouillement, bien inopportun, brisa le silence tombé entre eux. Consciente de n'avoir rien mangé depuis qu'elle avait quitté son appartement le matin, elle se mordit la lèvre.

— Allons déjeuner, déclara alors Gio. Ensuite, nous irons annoncer la bonne nouvelle à mon grand-père.

— Écoutez...

— Pas question de revenir sur notre accord, Molly. J'ai accepté vos conditions, et vous avez accepté les miennes.

Sur ce, il ouvrit la porte.

Tout en lui emboîtant le pas, elle se rebella :

— Ce n'est pas juste. Vous m'avez piégée, et sciemment en plus.

— Considérez cela comme une leçon. À l'avenir, vous vous ferez préciser en détail les conditions d'un contrat avant de l'accepter.

Puis il lança à une employée de maison qui passait dans le couloir :

— Faites-nous servir le déjeuner sur la terrasse, s'il vous plaît.

Molly le suivit en silence jusqu'à la table dressée sous un parasol, trop affamée pour protester davantage et ne pensant qu'à une chose : son patron étant au courant de sa grossesse, elle devait en avertir Sasha.

— Ma sacoche d'ordinateur est restée dans la voiture, dit-elle une fois assise alors qu'on leur servait des verres d'une boisson sentant l'orange et la noix de muscade.

— Je vous la fais apporter, répondit-il avant de transmettre sa demande en italien à l'employée. Nous avons pas mal de points à voir ensemble, n'est-ce pas ? Commençons par le plus urgent, à savoir le communiqué concernant la mutation de Valentina. Le reste devrait pouvoir attendre quelques heures.

Ils s'y mirent dès le portable de Molly récupéré et tout en mangeant une salade de haricots verts suivie d'un plat de gnocchis à la tomate puis d'un gâteau à la ricotta.

À la fin du repas, Molly se sentait déjà beaucoup mieux et était emballée de travailler directement avec Gio. Leurs échanges étaient si harmonieux qu'ils lui donnaient l'impression de danser un tango avec lui.

Dès qu'on vint annoncer que le médecin était sur le point de partir, Gio se leva.

— Je dois lui parler. J'en ai pour deux minutes.

Molly profita de son absence pour sortir son téléphone personnel à coque fleurie et demander par message à Sasha de l'appeler au plus tôt. Son SMS fut marqué « lu ». Immédiatement après, trois petits points se mirent à danser sur l'écran, lui indiquant l'arrivée prochaine d'une réponse.

— Vous avez deux téléphones ?

La voix de Gio la fit sursauter. Elle éteignit aussitôt l'écran puis posa son mobile face contre la table.

— Je m'en sers surtout pour être en contact avec ma sœur. Elle sait que je travaille sur un continent différent et que je suis très occupée, mais cela ne l'empêche pas de m'inonder de messages. J'en suis heureuse. Toutefois, s'ils arrivaient sur mon téléphone professionnel, je passerais mon temps à effacer ces notifications pour voir celles correspondant à mon travail.

— Je ne sais pas grand-chose de votre famille. Où se trouve-t-elle, d'ailleurs ? Et vous n'avez que cette sœur ?

Molly préféra ignorer ces deux questions posées de toute évidence dans le seul but d'avoir l'air de la connaître puisqu'elle était sa soi-disant fiancée. Si elle avait écarté ce point de son esprit pendant le temps du repas, y repenser la fit frissonner.

— Que vous a dit le médecin ?

— Rien de bien optimiste.

— Je suis navrée.

Et c'était vrai. Son grand-père lui était très cher, et savoir sa fin proche le peinait. De plus, il avait dû, comme elle, remarquer le ton déçu du vieil homme lorsqu'il avait mentionné le fait de n'avoir aucun héritier après ce petit-fils pour gérer son empire.

— Je veux que ses derniers jours soient heureux, Molly.

— Je le sais.

Ses derniers jours ? Si c'était effectivement une question de jours, quel mal y avait-il à proférer un petit mensonge ? Les voir se tenir la main rasséréneraient certainement son grand-père.

En revanche, pour elle, le moindre geste ou regard intime alimenterait son stupide rêve. Mais c'était un moindre mal dans la mesure où il s'agissait simplement d'un rôle temporaire. Gio n'attendait rien de plus d'elle. Il ne comptait tout de même pas l'embrasser ? Non, c'était impossible.

— Nous jouerons la comédie simplement à son intention, n'est-ce pas ? Vous n'annoncerez nos fiançailles à personne d'autre ?

— Bien sûr.

— Quant à votre promesse concernant ma grossesse, vous devrez la tenir aussi face à lui.

— Je l'ai compris.

À cet instant, deux bips successifs annoncèrent l'arrivée de messages sur son mobile personnel. Molly sursauta. Son espoir de recevoir une réponse de Sasha fut aussitôt anéanti à la vue du nom affiché.

— Qu'est-ce que je vous disais ! Voyez par vous-même.

Et elle lui montra un SMS disant :

Peux-tu faire ce devoir pour moi ? Mon prof va les ramasser, et j'ai oublié de le faire.

Le message était accompagné d'un GIF représentant une fillette à genoux mains jointes agrémenté d'un « s'il te plaît » clignotant.

— Quel âge a votre sœur ? demanda-t-il, haussant les sourcils de curiosité.

— Onze ans. Si je lui réponds, son professeur risque de voir qu'elle envoie des textos pendant un cours et de lui confisquer son mobile. D'un autre côté, je veux qu'elle sache qu'elle peut toujours compter sur moi.

Elle tapa tout en lisant à voix haute :

Je suis en réunion. Dis que tu l'as oublié à la bibliothèque, sors et fais-le.

— Bien trouvé, commenta Gio.

Molly reposa son téléphone.

— Ça vous fait une grande différence d'âge. Vous avez vingt-cinq ans, n'est-ce pas ?

— Vingt-six.

Elle hésita à poursuivre, puis décida de lui donner la version adoptée jusque-là avec tous ceux qui s'étonnaient de leur écart d'âge.

— Mes parents ont divorcé quand j'avais six ans, essentiellement parce que maman était très prise par son métier de sage-femme. J'avais donc abandonné toute idée d'avoir un frère ou une sœur. Mais un jour, une jeune fille a voulu faire adopter son bébé. C'est comme ça que Libby est arrivée chez nous. Depuis, elle a été une immense source de joie.

À un tel point que Molly avait voulu aider Sasha à connaître une joie identique. Et elle n'avait eu qu'un moyen de le faire…

Sa soudaine mélancolie dut transparaître sur ses traits car Gio reprit :

— Cela doit être dur pour vous d'être si loin d'elle.

— Très dur. J'ai fini ma scolarité à domicile afin d'être le plus souvent possible à la maison, puis j'ai intégré une université locale. Mes diplômes obtenus, maman m'a encouragée à vivre ma vie et aussi à me porter candidate pour une mutation à Londres. Pour être franche, je ne pensais pas l'obtenir. Encore moins me retrouver un jour ici.

À Gênes, dans la maison familiale de son patron et sur le point de prétendre être sa fiancée. Mais elle jugea inutile de préciser ces points.

— Ah ! je comprends, maintenant. Vous voulez rentrer à New York pour finir votre grossesse en famille.

— Je vous l'ai dit, ce sujet est tabou.

— D'accord, mais nous pouvons étudier les conditions vous permettant de travailler à partir de là-bas.

— Vous n'abandonnez jamais, n'est-ce pas ?

Un bip annonçant l'arrivée d'un nouveau message, elle le lut. Il venait de Sasha cette fois.

Je ne peux pas te parler maintenant. Je me prépare pour une sortie.

Molly ne se formalisa pas pour ça. Pour bien des raisons, Sasha et Rafael gardaient secret le fait d'attendre un bébé et d'utiliser les services d'une mère porteuse. Si elle était chez le coiffeur ou l'esthéticienne, elle n'était pas libre de lui parler.

— Tout va bien ? demanda Gio.

— Oui.

Sur ce, elle rangea son mobile dans son sac.

— Bien, dit-il en se levant. Allons annoncer la nouvelle à mon grand-père.

Ottorino leva sa main non immobilisée par la perfusion en les voyant entrer.

— La voilà revenue. Approchez-vous, Molly. Comment se fait-il que je ne vous aie pas rencontrée avant ?

Elle obéit. Ottorino lui prit alors une main.

— Je travaille au bureau de Londres.

— Mais vous êtes américaine, à en juger par votre accent.

— En effet, répondit Gio, elle a débuté dans notre bureau de New York il y a quelques années, puis est venue à Londres et travaille depuis deux ans comme assistante de Valentina. En fait, je viens d'envoyer celle-ci régler un problème aux États-Unis.

Au contact des mains de Gio venues se placer sur ses épaules, un frisson à peine perceptible parcourut le corps de Molly. Même si Gio n'avait pu le sentir, son grand-père sembla l'avoir remarqué, tout comme le sang qui avait brusquement afflué à ses joues car ses yeux s'arrêtèrent sur elles avant de suivre le mouvement des mains de son petit-fils qui glissaient le long de ses bras.

— *Bene, bene*, dit-il d'un ton distrait.

— Je n'ai pas été totalement franc avec toi, *nonno*, tout à l'heure.

— Je vois ça. *La tua assistente ?* se moqua son grand-père.

Molly, à qui il devenait difficile de dissimuler sa réaction aux caresses de Gio, posa sa main libre sur une des siennes pour l'immobiliser.

Aussitôt, il croisa un bras par-dessus le sien et passa l'autre autour de son ventre, la plaquant contre lui.

En un éclair, une douce chaleur se diffusa en elle, ses jambes s'amollirent et elle s'abandonna à ses bras tandis que ses joues s'enflammaient de nouveau. Elle baissa alors les yeux sur sa main qui était encore dans celle d'Ottorino afin d'empêcher son regard dardé sur elle de lire droit dans son âme, faute de pouvoir cacher son émoi.

— Tout est arrivé très vite entre nous, poursuivit Gio. J'ai demandé à Molly de m'épouser, et elle a accepté. Tu peux donc avoir l'esprit tranquille.

Ottorino Casella poussa un long soupir, et des larmes brillèrent dans ses yeux.

— Quelle bonne nouvelle !

Relevant alors la main de Molly pour l'examiner, il ajouta :

— Mais je ne vois pas de bague. Va chercher celle de *nonna* dans le coffre, Gio.

Molly le sentit se raidir et perdre son souffle. Cette réaction si viscérale la stupéfia.

— Je ne peux...

Une pression de main de Gio la fit taire. Il la lâcha en douceur avant de répondre :

— J'en suis honoré, *nonno*. Je te remercie.

Il s'éloigna alors, fit pivoter le cadre d'une grande photo noir et blanc d'un couple en tenue de mariage et révéla un coffre mural.

— Cette bague appartenait à ma grand-mère, dit Otto. Ma mère l'a portée, puis ma chère Theresa. Je serai heureux de la voir à votre doigt.

Et la mère de Gio ? se demanda Molly, mais déjà il revenait

avec un écrin de velours. Il capta son regard. Derrière l'éclat de ses yeux, elle lut une prière muette. *Ne me trahissez pas.*

Dans la seconde suivante, il posait un genou à terre.

Elle ne put retenir un « Oh ! » stupéfait.

— Molly Brooks, acceptez-vous de m'épouser ?

Et il sortit la bague, qu'elle ne vit pas vraiment car ses yeux s'étaient emplis de larmes. Et sa gorge s'était serrée ! Pourquoi donc ? Il s'agissait seulement d'une comédie !

Ottorino gloussa.

— Qu'attendez-vous pour lui donner votre main, *carina* ?

Elle obéit, consciente de soudain trembler. Gio fit glisser le long de son doigt l'anneau qui s'adapta comme s'il avait été fait pour elle, puis il se releva et tint sa main serrée entre eux.

Molly faillit pleurer. C'était son rêve réalisé… Une subite envie la saisit d'annoncer à sa mère qu'elle était fiancée. De le dire à Libby. À Sasha.

Brusquement la gêne l'envahit sous le regard impénétrable de Gio. Que pensait-il ? Trouvait-il son émotion trop visible, inappropriée ?

— Je me sens ridicule, murmura-t-elle.

À voix tout aussi basse, il répondit :

— Vous êtes parfaite.

Inclinant alors la tête, il lui effleura les lèvres d'un baiser.

Un baiser chaste, probablement pour donner le change à son grand-père. Bien que sachant cela, alors qu'il reculait légèrement sa bouche, elle approcha la sienne et initia ce qui n'aurait jamais dû être. Comme sous le coup de sentiments longtemps refoulés. Comme pour retenir l'instant, le rendre réel. Et Gio l'embrassa avec tant de passion qu'elle s'abandonna contre lui et répondit à son baiser avec une ardeur identique.

Un petit gloussement d'Ottorino Casella y mit fin. Tous

deux se redressèrent, mais Molly se sentit changée à jamais, marquée du sceau de Gio, radieuse.

— Vous venez de me donner une nouvelle raison de vivre. Appelle une ambulance, Gio, et espérons que l'hôpital prolongera suffisamment mes jours pour me permettre d'assister à votre mariage.

La tension de Gio s'évapora dès qu'ils arrivèrent à son appartement de Gênes. S'y installer était logique dans la mesure où il était plus proche de l'hôpital et de son bureau.

Le transfert jusqu'à sa chambre d'hôpital avait épuisé *nonno*, mais il avait accepté d'être placé sous oxygène et de suivre le traitement proposé. Il avait même consenti à manger – du bout des lèvres, toutefois.

Alors qu'après avoir quitté son grand-père ils se dirigeaient vers son bureau, Molly avait demandé à s'arrêter en ville afin d'acheter les vêtements et objets de toilette nécessaires à son séjour vu qu'ils étaient partis sans bagages. Il avait aussitôt pris la direction des opérations. En un coup de fil à une acheteuse personnelle, il avait réussi à organiser la livraison d'une garde-robe complète, avec accessoires, apte à couvrir tous les besoins de son assistante. L'annonce d'un confortable budget avait grandement facilité la transaction, et la jeune femme avait accepté le retour de ce qui n'aurait pas été utilisé au cours du mois suivant.

— Cela s'appelle « déléguer », Molly.

Ses consignes avaient été suivies à la lettre, constata-t-il au vu des boîtes et sacs empilés dans l'entrée de son appartement.

— Voulez-vous boire quelque chose ? demanda-t-il.

— Non merci. Si cela ne vous ennuie pas, je souhaiterais aller me reposer.

La voyant alors ouvrir les sacs et en soulever quelques-uns, il l'arrêta.

— Vous n'y pensez pas. Posez ça.

— Ce n'est pas lourd.

— C'est à votre assistant de le faire. Où est-il, d'ailleurs ?

Après discussion, ils avaient étendu leur choix à trois personnes, une dans chaque ville où Casella Corporation avait des bureaux, et chacune avec des qualités différentes et complémentaires. À Gênes, c'était donc Nelo depuis quelques heures.

— Vous m'avez dit que nous avions fini de travailler pour la soirée. Je l'ai donc renvoyé chez lui.

— Eh bien, dites-lui de nous réserver une table au restaurant.

— Sommes-nous vraiment obligés de sortir ? Si ma journée est terminée, j'aimerais prendre un bain et me coucher.

Cette précision échauffa aussitôt les sens de Gio qui l'imagina nue dans l'eau. Il soupira.

— D'accord, mais vous devez manger. Demandez à Nelo de nous faire livrer deux repas.

Contrairement à ce qu'il attendait, elle ne protesta pas et passa aussitôt le coup de fil.

— Je vous avais donné congé pour la soirée. Toutefois, votre poste demande une certaine disponibilité. Vous y êtes préparé, j'espère ?... Je suis heureuse de l'entendre. Le dévouement est récompensé à la longue, alors tenez la distance. Dans l'immédiat, faites-nous livrer deux dîners, s'il vous plaît. Quelque chose de léger avec beaucoup de légumes pour moi. Tant que vous y êtes, commandez aussi des petits déjeuners et venez à la première heure à l'appartement, j'ai une tâche à vous confier.

— Très bien, Molly. Vous apprenez à déléguer.

Un haussement de sourcils fut sa seule réponse à son ironie.

— Pourriez-vous m'indiquer la chambre qu'utilise Valentina ?

— Elle n'en a pas ici. Nous restons à la villa, d'ordinaire.

En fait, cet appartement est un pied-à-terre pour le cas où une soirée se finirait tard ou quand je…

Gio se tut avant de préciser « suis accompagné d'une maîtresse », qui de toute manière dormait dans son lit. Priant pour que la chambre d'amis soit au goût de Molly, il lui prit les sacs des mains puis lui fit signe de le suivre.

L'immeuble était ancien, en front de mer. L'appartement avait cependant été entièrement rénové, mais n'avait qu'une salle de bains, commune aux deux chambres et située entre elles. Il devrait donc la partager avec Molly. Ce qui était une moindre concession après le soutien qu'elle lui avait apporté toute la journée. Elle l'avait même laissé l'étreindre et l'embrasser pour le seul bien-être de son grand-père.

Hélas, ce baiser lui avait donné besoin de plus. De beaucoup plus, même. Il ne désirait qu'une chose, se perdre en elle. Et s'il en jugeait par leurs réactions réciproques à ce baiser, faire l'amour ensemble serait incendiaire.

Malheureusement, cela ne devait pas se produire. Elle était son employée, bien que les limites de sa fonction soient devenues plutôt floues, et elle attendait l'enfant d'un autre homme. Deux points lui interdisant toute aventure, mais il ne pouvait s'empêcher de rêver d'une nuit torride avec elle et d'envier l'homme qui l'avait possédée.

Qui diable était cet homme ? se demanda-t-il une nouvelle fois. Et pourquoi ne faisait-il plus partie de sa vie, d'ailleurs ? Même si Gio était heureux de son absence, il le méprisait. Pour avoir été négligé par ses parents, d'instinct il haïssait un père qui abandonnait son enfant et la mère à leur propre sort. Lui ne ferait jamais cela.

Laissant Molly, il passa dans la salle de bains, lui fit couler un bain, puis gagna sa chambre et en verrouilla la porte. Elle avait besoin d'intimité, et lui de se calmer.

Gio s'efforça donc d'oublier leur baiser qui l'avait si profondément ébranlé. Mais le souvenir de son émotion restait, toujours aussi intense. L'épisode entier avait été surréaliste, de l'instant où il avait étreint Molly et senti les délicieuses courbes de son corps à celui où elle s'était laissée aller contre lui. Le désir avait fondu sur lui, et dans cette bulle ouatée il avait entendu *nonno* lui offrir la bague qu'il avait refusé de donner à son père pour sa mère et ne lui avait même pas proposée pour ses propres fiançailles quatre ans auparavant.

Son offre donnait encore plus d'importance à son désir de voir Molly la porter.

Et cela prouvait que son grand-père s'attendait vraiment à mourir.

Mais Gio refusait de croire cela, et encore plus de l'admettre. Sans être exagérément optimiste, le médecin de l'hôpital avait été rassurant, et le tenait informé de l'état de son patient toutes les heures par message.

Il tâta la poche de sa chemise pour s'assurer que la bague était toujours là où il l'avait placée lorsque Molly l'avait enlevée pour ne pas susciter de ragots au bureau. Immédiatement il sentit le poids des responsabilités attachées à cette bague. Son devoir était de se marier et d'avoir des enfants. Il le savait depuis toujours, mais craignait tellement d'être un père aussi incapable que le sien qu'il ne cessait d'en repousser l'idée.

Molly, en revanche, était visiblement prête à être mère. Elle protégeait jalousement sa grossesse, prenait soin de son alimentation et s'était même ménagé une courte pause au bureau pour se reposer et manger un en-cas sain.

Attendait-il trop d'elle ? Son poste était exigeant en temps ordinaire, mais le brusque changement de programme en raison de la maladie de son grand-père, le départ de Londres en catastrophe suivi d'une journée de travail l'avaient peut-être éreintée.

Elle était enceinte bon sang !

Et si elle s'évanouissait dans son bain ?

Non, c'était ridicule. Pourquoi d'ailleurs s'inquiétait-il pour elle ?

Parce qu'elle était son assistante, en état de vulnérabilité, et qu'il ne s'était pas comporté tel un patron soucieux de la santé de son employée.

Pris de remords, Gio alla la trouver dans sa chambre. Il vit d'emblée qu'elle avait sorti d'un des sacs une nuisette bleu nuit, à présent étalée sur le lit. Son sang ne fit qu'un tour tandis qu'une vision de son corps recouvert de la fine soie l'aveuglait. Il s'imagina abaisser les bretelles le long de ses bras pour prendre ses seins en coupe, mais parvint à refouler cette pensée et à parler posément.

— Écoutez, j'ai tendance à pousser les gens jusqu'à leurs limites, vous le savez. Aussi, si vous atteignez les vôtres, n'hésitez pas à me le dire.

— Je vous remercie. Je vais donc être franche. Puisque vous parlez de limites, le mariage est au-delà des miennes. Je ne peux pas vous épouser. Je souhaite que votre grand-père se rétablisse au plus vite, bien sûr, mais notre comédie est déjà allée trop loin. Toute interaction personnelle entre nous doit s'arrêter là.

Elle avait certes raison. Toutefois…

Bref, c'était dommage.

— J'espère aussi qu'il va s'en sortir, répondit-il, mais je ne m'excuserai pas de la méthode que j'ai employée pour le convaincre d'accepter de se faire soigner à l'hôpital.

Un sourire mutin se dessina sur les lèvres de Molly, lui prouvant qu'elle se demandait si ses excuses concernaient leur baiser.

Gio soutint son regard. Non, il n'exprimerait aucun regret pour ce bref moment de passion. Une passion mutuelle, d'ailleurs, puisqu'elle l'avait embrassé en retour.

Ce souvenir lui enflamma le corps.

Une brusque couleur envahit les joues de Molly, qui se mordit les lèvres. Son regard se voila.

Un désir certain flotta entre eux, rendant l'atmosphère quasi électrique. Gio dut fournir un immense effort pour ne pas laisser ses sens prendre le dessus sur sa raison. Voir soudain les traits de Molly s'affaisser l'y aida grandement. Cette longue journée riche en événements l'avait épuisée.

— Je vous ai demandé beaucoup aujourd'hui, Molly, et vous vous êtes montrée à la hauteur. C'est pour cela que je tiens à vous garder.

— Est-ce là votre manière de me pousser à accepter un contrat plus long ? demanda-t-elle en s'approchant de la porte, une façon évidente de le congédier.

— Non. Je vous rappelle simplement que le dévouement est récompensé à la longue, alors...

Elle éclata de rire en l'entendant lui retourner les propos qu'elle avait tenus à Nelo précédemment.

— Arrêtez, s'il vous plaît ! Je vous ai dit trois semaines, moins aujourd'hui.

Gio ne put que s'incliner, mais trouva rageant de ne pas obtenir ce qu'il voulait. C'était très inhabituel. Il sortit donc et entendit Molly refermer la porte derrière lui.

Molly se prélassait depuis un bon moment dans son bain quand Gio frappa à la porte et l'informa qu'il déposait dans sa chambre un plateau-repas. Elle sortit donc de l'eau, mangea, puis se coucha et dormit comme un loir.

Au réveil, elle se sentait infiniment mieux.

Alors qu'elle s'apprêtait à entrer dans la salle de bains, le bruit de la douche l'avertit de la présence de Gio à l'intérieur. Un frisson la parcourut tandis qu'une vision de lui en train de savonner son corps bronzé lui venait à l'esprit. Elle s'empressa de la repousser. Prétendre être sa fiancée pour le bénéfice de son grand-père était une chose. Rêver de lui ne faisait pas partie de ses attributions d'assistante exécutive. Or son travail était sacré.

Elle partit donc se laver les dents et le visage dans le cabinet de toilette situé à côté de la cuisine, se maquilla puis attacha ses cheveux. Ensuite, elle alla chercher de quoi s'habiller parmi les sacs livrés la veille.

Gio s'était montré extrêmement généreux. En plus de plusieurs tailleurs destinés à être portés au bureau, les paquets contenaient de la lingerie, deux maillots de bain, quelques robes de cocktail et des tenues plus décontractées. Il y avait là de quoi parer à toutes les occasions ! Mais c'était aussi de la pure subornation et une tactique efficace pour la faire se sentir redevable.

Elle choisit un pantalon pied-de-poule noir et blanc puis un chemisier en soie vert clair qui avait l'avantage d'être ample et dissimulait donc sa taille moins fine.

Lorsque Nello arriva avec le petit déjeuner, Molly lui indiqua les paquets à déballer puis s'assit à table avec Gio arrivé entre-temps – superbe, rasé de frais et sentant divinement bon.

— Valentina souhaite nous parler en visioconférence, dit-elle, déterminée à leur rappeler à tous deux qu'ils étaient dans une relation professionnelle. Nous pouvons faire cela après avoir rendu visite à votre grand-père. Avez-vous eu de ses nouvelles ?

— Son état de santé s'est légèrement amélioré. Nous resterons donc le temps de l'égayer, puis le laisserons se reposer.

— Je suis heureuse de le savoir en bonne voie de guérison.

Il sortit alors la bague de fiançailles et dit :

— Mettez-la pour notre visite.

Molly l'enfila après avoir jeté un rapide coup d'œil dans le couloir pour s'assurer que Nelo ne la voyait pas.

Gio étant occupé à lire des mails sur sa tablette, elle consulta ses messages personnels Aucune réponse de Sasha…

Se levant, elle marcha jusqu'à la fenêtre avant de demander :

— Ça vous ennuie si j'envoie une photo de la vue à ma mère ?

— Du tout. Je vous en prie, faites, répondit-il d'un ton distrait.

Elle prit une photo et écrivit son message :

Ma vue pour les jours à venir. Je t'appelle dans la journée pour t'expliquer.

Molly aurait bien aimé les faire venir, mais Libby ignorait sa grossesse et ne l'apprendrait probablement jamais. Sa mère, en revanche, savait. Ayant de très doux souvenirs de cette dernière, connaissant sa discrétion et sachant que ses conseils et son soutien seraient précieux à sa fille, Sasha avait accepté qu'elle la mette au courant.

Comme elle revenait à table, Gio leva la tête.

— Vous vous souvenez des Zamos, j'imagine. Nous les avons rencontrés sur leur yacht l'an dernier pour monter un contrat de partenariat avec leur service de containers à Athènes. Nous devions le finaliser la semaine prochaine.

— Oui, je me souviens d'eux, répondit Molly, perturbée de l'entendre utiliser l'imparfait. Pourquoi ?

— Ils ont eu un grave accident de voiture hier soir.

— Pardon ?

En un éclair, elle eut l'impression que les murs de la pièce se refermaient sur elle et l'engloutissaient.

Voyant Molly incliner la tête, Gio la crut sur le point de ramasser le téléphone qui lui avait échappé des mains mais, son corps suivant, il réalisa qu'elle s'évanouissait. Il bondit alors, la rattrapa juste avant qu'elle ne touche le sol tandis que sa chaise s'y écrasait avec fracas.

Dans la seconde suivante, Nelo arriva en courant.

— Que s'est-il passé ?

— Un médecin habite l'immeuble. Demandez au concierge de le prévenir. S'il est absent, appelez une ambulance.

Comme le nouvel assistant s'activait, Gio souleva Molly, aussi inerte qu'une poupée de chiffon entre ses bras, et l'allongea sur le canapé. Il lui sembla voir ses paupières bouger, sans toutefois en être certain. Son propre cœur battait à tout rompre, ce qui l'étonna. Il n'était pas du genre à perdre son sang-froid.

— Le médecin arrive, monsieur. J'ai mon diplôme de secouriste. Puis-je évaluer son état ?

Gio le laissa prendre le pouls de Molly pendant qu'il allait ouvrir. Le temps qu'il revienne avec le praticien, elle était en train de s'asseoir.

— Je vais bien. Ma tête s'est simplement mise à tourner suite à un mouvement brusque.

— Allez au bureau, Nelo. Ne soufflez mot à personne de ce qui vient de se passer.

— Bien entendu, monsieur.

Après un dernier coup d'œil inquiet, l'assistant partit.

Molly, livide et le regard vide, se laissa alors prendre la tension.

— Pourriez-vous être enceinte ? demanda le praticien.

— Mon médecin traitant va prendre la suite.

Au regard lui intimant le silence qu'elle lui lança en parlant, une pensée vint à l'esprit de Gio. Le père n'était pas au courant de sa grossesse ! C'était la seule explication possible au mystère qu'elle entretenait autour de sa personne. Mais pour quelle raison ? Était-il violent ? Marié ?

Même s'il ne l'imaginait pas en briseuse de ménage, elle

pouvait ne pas l'avoir su. Les hommes mentaient parfois pour arriver à leurs fins...

Quoi qu'il en soit, cela éclairait la situation d'un jour nouveau.

— Je suis vraiment désolée de vous avoir dérangé, reprit-elle d'une voix encore peu assurée. Pouvons-nous vous offrir un café et un croissant ?

— Non, je vous remercie.

Après lui avoir recommandé de faire vérifier son taux de fer, l'homme regagna la porte et accepta les deux billets pour l'opéra que Gio lui proposa en guise de dédommagement.

À son retour dans le salon, Molly était debout près de la table en train d'écrire un message.

— Asseyez-vous, bon sang. Et pourquoi ne pas lui avoir dit que vous êtes enceinte ?

— Une minute, j'informe mon médecin traitant de l'incident. Ce n'est probablement rien de sérieux.

— Vous n'en savez rien. Vous êtes livide. Asseyez-vous. Tout de suite.

Elle obéit, posa son téléphone d'une main tremblante, regarda son croissant à moitié mangé avec dégoût, puis déclara :

— Votre grand-père nous attend, et nous avons une journée de travail au bureau.

— Vous devez me dire ce qui se passe, Molly. Est-ce que le père de votre bébé est marié ?

Il vit sa bouche frémir, des larmes briller dans ses yeux. Son cœur se serra étrangement.

— Avez-vous peur de lui ? s'enquit-il alors.

— Non, pas du tout. Je refuse de discuter de ce sujet, je vous l'ai déjà dit.

Sur ce, elle se leva d'un bond.

Gio lui attrapa le bras. Sous sa main, ses muscles étaient tendus à l'extrême.

— Ne bougez pas si vite, vous allez vous évanouir de nouveau.

Elle évita son regard, mais referma les doigts autour de son bras.

— Vous *avez* peur.

Il le sentait d'instinct, si fort qu'il en eut la chair de poule.

— Pas de lui, répondit-elle en frissonnant, lui apparaissant soudain terriblement fragile.

— De qui alors, ou de quoi ?

Molly renifla puis s'abandonna contre son torse, s'accrocha à lui.

En se réveillant, Gio s'était souvenu, mal à l'aise, des événements de la veille. Non seulement il avait montré à Molly beaucoup plus de sa vie privée qu'elle n'aurait dû en voir, mais en plus il l'avait embrassée. Ils prétendaient être fiancés, et elle avait dormi chez lui. Pire, elle occupait sans cesse ses pensées, provoquant des rêves charnels inappropriés.

Or elle était une fois encore dans ses bras, et il lui caressait le dos pour apaiser ses tremblements, compatissant à sa détresse visible tout en s'efforçant d'oublier sa propre émotion. Une fureur dirigée contre l'homme qui l'avait mise dans cet état et laissée seule.

— Si le père est marié, ou dangereux, je ne porterai aucun jugement, mais je ne peux pas vous aider si vous ne me dites rien.

Sur un soupir, Molly se détacha de lui.

— Je vous prie de m'excuser. Je m'étais promis de me montrer plus professionnelle aujourd'hui.

Gio ne put retenir un ricanement. Le « professionnel » entre eux avait été jeté aux oubliettes en l'espace d'une seule journée…

— C'est vous qui avez créé la confusion, je vous signale, lança-t-elle, ayant visiblement pris son rire pour un affront. Il ne s'agit que d'une comédie, mais…

Elle fit tourner la bague de fiançailles autour de son doigt, puis détourna ses yeux rougis vers la fenêtre.

— Mais quoi ? demanda Gio se sentant soudain en proie à une étrange émotion.

Et comme elle ne répondait pas, il lui saisit le menton pour croiser son regard.

Molly se libéra et cilla, maculant le haut de sa joue de mascara.

— Enfin, Gio, soupira-t-elle en s'essuyant du bout des doigts le dessous des yeux. Toutes les femmes, mariées ou pas, et probablement tous les gays dans la compagnie ont le béguin pour vous. Ne me dites pas que vous l'ignorez.

— Vous aussi ?

Il se sentit odieux de la pousser ainsi dans ses retranchements. Il avait toujours eu un sérieux faible pour elle, mais souhaitait entendre que l'attirance était réciproque.

— Oui, lâcha-t-elle en un souffle, un regard mortifié à l'appui. Alors, s'étreindre toutes les cinq minutes et s'embrasser…

Bien que la fin de sa phrase soit restée en suspens, son expression et son geste de la main en disaient long sur son état d'égarement.

— Je veux aider votre grand-père à aller mieux, mais je n'ai pas pour habitude d'accumuler les relations ou d'en avoir de passagères.

Gio haussa les sourcils, curieux de savoir comment elle s'était retrouvée enceinte et seule.

— Ne jouez pas avec moi, ajouta-t-elle.

Sa voix comme son langage corporel exprimaient sa détresse à lui avouer son attirance, une attirance dont elle le suppliait de ne pas profiter.

Or il mourait d'envie d'en profiter ! C'était cependant déjà assez difficile de le reconnaître en son for intérieur, aussi s'abstint-il de l'admettre à voix haute. Cela aurait été de la goujaterie après sa supplique de ne pas jouer avec elle. Molly n'était pas une femme avec qui il pouvait sortir le temps de voir où cela les mènerait. Il devait lui faire part de ses intentions avec clarté.

— Je ne poursuis pas mes employées d'assiduités non souhaitées. Ou souhaitées, ajouta-t-il avec un petit sourire. Les amourettes de bureau créent de dangereux ragots.

Molly scruta son regard, visiblement humiliée par son « ou souhaitées » prononcé avec une légère ironie. Gio détourna les yeux, préférant ne pas la laisser y lire ses fantasmes nés en apprenant que l'attirance était réciproque, car sa furieuse envie de lui faire l'amour devait y transparaître.

Un lourd silence suivit sa déclaration, soudain brisé par le bip annonçant l'arrivée d'un message sur le mobile personnel de Molly. Elle se précipita pour voir le nom de l'expéditeur. Dans la seconde suivante, ses épaules s'affaissèrent, comme si elle était déçue.

De qui attendait-elle des nouvelles avec une telle impatience ? Gio sentit son estomac se serrer.

— Mon médecin traitant veut que je fasse un bilan sanguin complet. Je demanderai à l'hôpital où m'adresser. En attendant, je vais rafraîchir mon maquillage. Ensuite, nous pourrons partir.

4

Dans la limousine qui les conduisait à l'hôpital pour leur visite matinale à Ottorino Casella, Molly regarda discrètement les nouvelles sur sa tablette. L'accident de Sasha et Rafael Zamos y était mentionné comme étant arrivé à Rome. Rafael souffrant de fractures, il était en salle d'opération, Sasha était encore inconsciente, et leur chauffeur était lui aussi dans un état critique, mais tous *devraient s'en sortir*.

Donc ils étaient gravement atteints !

Elle ragea de ne pouvoir rejoindre la capitale italienne. C'était hélas impossible sans fournir d'explications à son patron qui en savait déjà bien assez sur son compte. Rien d'étonnant à ce qu'elle se soit évanouie quand il lui avait parlé de l'accident. Sa décision de porter l'enfant de Sasha et de Rafael avait bouleversé sa vie, et de nouveaux événements n'avaient cessé de la perturber davantage, si rapidement qu'elle ne parvenait pas à s'y adapter.

Le poste de Valentina était désormais le sien, mais elle ne pouvait pas le garder. Le grand-père de Gio les croyait fiancés. Les parents du bébé qu'elle portait étaient gravement blessés.

Sans oublier qu'elle s'était par deux fois jetée dans les bras de son employeur et qu'il l'avait remise à sa place. Ce qu'il devait faire certes mais qui, en plus de la décevoir, l'avait fait se sentir rejetée.

Même si c'était la dernière des choses qui aurait dû la troubler, elle ne pouvait s'empêcher d'y penser, et cela avait repoussé le reste dans l'ombre. Quitter son poste – et lui – en devenait donc plus urgent.

Que diable lui avait-il pris de lui avouer son béguin quand nier aurait été possible ? En plus, elle lui avait laissé entendre avoir du mal à se souvenir que leurs fiançailles étaient de la comédie.

Il s'en était fallu de peu pour que, face à son insistance à vouloir l'aider, elle lui confie l'origine et les conditions de sa grossesse. Gio avait semblé réellement inquiet, mais il ne s'agissait peut-être que de courtoisie parce qu'il tenait à ce qu'elle continue à prétendre être sa fiancée.

Molly avait pourtant été très tentée de tout dire, de se décharger de ses soucis sur celui qui se présentait comme son futur partenaire de vie.

Or il ne l'était pas et ne pouvait pas l'aider. Elle était liée par un contrat qui englobait tous les scénarios possibles, y compris la mort des deux parents avant la naissance du bébé. Dans ce cas, elle devait élever l'enfant afin qu'il hérite de la fortune qui lui revenait de droit.

Une clause facile à accepter quand un double décès n'avait été qu'une éventualité peu probable. À présent toutefois, elle n'avait plus rien d'improbable.

Sentant la panique monter, Molly se ressaisit. Sasha et Rafael allaient se remettre de leur accident. Pendant ce temps, elle continuerait à mener une vie saine afin de garder leur enfant en bonne santé.

Tout à ses pensées, elle suivit Gio dans l'hôpital jusqu'à la chambre d'Ottorino. Une chambre privée avec salle de bains qui, si l'on faisait abstraction de l'équipement médical, ressemblait à une luxueuse suite d'hôtel.

Dès leur entrée, Gio se figea à la vue d'un couple au chevet de son grand-père.

— Que faites-vous là ?

Elle ne lui avait jamais entendu une voix aussi froide et dure.

— Mon père est en train de mourir. Où voudrais-tu que je sois ? répondit l'homme.

— Tu aimerais bien le savoir à l'article de la mort, mais ce n'est pas le cas. Vous n'avez rien à faire ici. Partez.

C'étaient donc ses parents… Molly ne savait rien d'eux, à part que leurs noms avaient plusieurs fois été liés à des scandales concernant des liaisons houleuses ou l'usage de drogues. Chaque fois que cela était arrivé, Valentina avait disparu quelques jours avec Gio jusqu'à ce que les médias couvrent un autre sujet.

Elle les observa donc avec intérêt. Ils lui parurent plus vieux que leur âge avec leurs traits marqués par le soleil et les abus. Sa mère, en particulier, retint son attention. Ses yeux avaient exactement la même teinte bleu glacier que ceux de son fils.

Lorsqu'elle voulut l'étreindre, Gio recula. Elle lâcha un petit rire puis se tourna vers Molly, un sourire aux lèvres et une main tendue.

— Bonjour, je me présente, Fridrika, la mère de Gio, et voici mon mari, Ambrose. Et vous êtes ?

— Molly, répondit sèchement Gio tout en attrapant sa main qui s'apprêtait à serrer celle de sa mère. Ma fiancée.

Les yeux de Fridrika se portèrent aussitôt sur son annulaire avant de se tourner vers Ottorino qui les regardait, l'air exténué.

— Vous lui avez donné la bague ?

— Tout de même pas ! s'exclama Ambrose tout en s'élançant vers Molly.

Mais Gio s'interposa entre eux pour la protéger.

— Si j'avais pensé que vous auriez le culot de vous pointer ici, je vous aurais fait interdire l'entrée de l'hôpital. Alors, partez maintenant, ou je demande au service de sécurité de vous escorter à l'extérieur.

Ambrose lui lança un regard noir.

— Otto est *mon* père, je te signale.

— Quand ça t'arrange !

— Et toi, ça t'arrange que je sois *ton* père, n'est-ce pas ? Grâce à cette filiation, tu es en ligne pour l'héritage. Mais si tu t'imagines pouvoir tout me prendre sans que je réagisse, tu te trompes.

— J'ai compris, il s'agit d'une question d'argent. Alors, réfléchis à la somme que tu veux pour disparaître sans faire d'histoires, et suivez-moi tous les deux.

Poussant Molly d'une main au creux de ses reins, il poursuivit à son intention :

— Restez avec *nonno* pendant que je les raccompagne.

Une fois la porte refermée derrière eux, Molly, encore sous le choc de cette altercation familiale, sourit à Ottorino et lui prit la main.

— Je vais vous faire un aveu. Ma vie a été très calme, voire monotone, jusqu'à ces derniers jours. À une époque, je voulais même devenir bibliothécaire tant j'avais plaisir à découvrir le monde à travers les livres.

Il sourit faiblement.

— Dites-m'en plus sur vous.

— Pour vous aider à vous endormir ? le taquina-t-elle.

Elle lui parla alors de ses tout premiers emplois, en tant que baby-sitter d'abord, puis de serveuse dans un petit restaurant dont elle avait lancé la popularité en tenant à jour ses réseaux sociaux.

— Tout le monde me trouvant douée pour le marketing,

j'ai entamé des études dans cette branche. Ensuite, je suis entrée chez Casella Corporation à New York. J'ai gravi les échelons, puis je suis arrivée à Londres où j'ai été l'assistante de Valentina pendant les deux dernières années. J'adore mon travail. Toutefois, je dois reconnaître qu'il m'a été difficile de quitter ma mère et ma sœur.

— Vous n'avez plus de père ?

— Si. Il a déménagé en Californie après son divorce d'avec ma mère. Je le vois de temps en temps, mais je suis plus proche de maman et de ma sœur. Elles sont restées dans le New Jersey où nous avons toujours habité dans une petite ville rurale mais très belle, surtout en automne quand la nature se colore de tous les dégradés d'orange. Nous faisions alors de longues marches…

Molly se tut, la gorge soudain serrée à la pensée de ses balades avec Sasha qui, à présent, se trouvait dans un état critique.

Elle lâcha la main d'Ottorino et s'éclaircit la voix avant de reprendre :

— Je suis désolée. J'ai appris ce matin une nouvelle attristante à propos d'une amie et je ne peux m'empêcher d'y penser.

— Une amie proche ?

Bien que sachant ne pas devoir parler de Sasha, son angoisse l'emportant, elle passa outre.

— Oui, la plus proche que j'aie jamais eue. Elle était comme une sœur pour moi. J'enviais énormément sa vie en apparence fastueuse, mais elle avait sa part de problèmes. Grâce à elle, ses confidences et ses conseils, j'ai réalisé ma chance d'avoir une existence simple et de pouvoir profiter de la fin de mon adolescence.

— Cette jeune fille a l'air d'une personne sage.

— Et généreuse. Elle m'a tant donné. Puis nous nous sommes perdues de vue pendant des années. Je croyais qu'elle m'avait oubliée car son monde était si différent du mien. Pourtant, lorsque nous nous sommes revues, ce fut comme si nous ne nous étions jamais quittées.

Molly sourit au souvenir de l'étreinte de Sasha à son entrée dans sa cabine sur l'*Alexandra*. Mais leur joie avait vite viré à la mélancolie quand Sasha avait fondu en larmes et refusé qu'elles parlent de Libby. Il lui était trop difficile de revisiter le passé. Bien que peinée, Molly avait compris sa réaction en apprenant que la vie de son amie avait de nouveau pris une tournure dramatique : elle n'arrivait pas à avoir un enfant.

— Puis-je vous aider d'une quelconque manière ? demanda Ottorino.

— Hélas, non. Je ne peux rien faire pour elle non plus.

D'après l'un des articles, les parents de Sasha étaient auprès d'elle. Ils ignoraient l'existence de Molly, tout comme le fait qu'elle portait le second enfant de leur fille. Cela l'empêchait donc de se rendre à son chevet sous peine de prendre le risque de trahir ce secret.

— Mais vous parler d'elle m'a fait du bien. Je vous remercie de m'avoir écoutée. S'il vous plaît, n'en soufflez pas un mot à Gio. Il a déjà assez de soucis comme ça.

À ce moment précis, Gio entra. De toute évidence, il était en proie à une extrême tension.

— Comment vas-tu, *nonno* ?

— Mieux que toi, j'imagine. Tu m'as l'air survolté. J'espère que ta journée se terminera mieux qu'elle n'a commencé. Quant à vous, Molly, quand pensez-vous pouvoir revenir discuter avec moi ?

— Et si nous vous apportions un dîner correct ? suggéra-t-elle.

— Excellente idée. N'oubliez pas de prendre aussi une bonne bouteille de vin.

Il lui adressa un clin d'œil avant de poursuivre :

— Pourrais-je avoir un petit moment seul avec Gio ?

— Bien sûr.

Elle craignit un instant qu'il n'en profite pour partager avec son petit-fils ce qu'elle lui avait révélé, mais il lui adressa un sourire complice. Rassurée, elle les quitta et alla se renseigner pour sa prise de sang.

Molly partie, Gio expliqua à son grand-père comment il avait prévu de gérer son père.

— Très bien. Maintenant, un conseil, garde bien Molly, c'est une perle.

Déjà à cran, il n'apprécia pas de s'entendre prodiguer un conseil qu'il ne pouvait pas suivre. Mais cela, il ne pouvait le dire à *nonno*.

— J'aurais gardé ma fiancée précédente, si elle ne m'avait pas quitté.

— Tu n'aimais pas cette fille. Elle ne t'aimait pas non plus, d'ailleurs. Seule ta fortune l'intéressait. Il était évident que ça ne marcherait pas entre vous. C'est pourquoi je ne lui ai pas donné la bague de *nonna*. Molly est différente. Elle a un grand cœur, et tu peux lui confier le tien. Fais ce qu'il faut pour te l'attacher à jamais. Comme la mettre enceinte.

J'ai une super nouvelle, nonno : elle est déjà enceinte !

Gio soupira tout en se massant l'arête du nez. Son grand-père ayant l'air exténué après l'altercation avec son fils venu lui demander de changer son testament, il le rassura d'un « compte sur moi », avant d'ajouter :

— Repose-toi, maintenant. Nous reviendrons te voir en fin d'après-midi.

Il partit alors, soulagé de savoir que l'hôpital interdirait désormais l'accès à la chambre de *nonno* à quiconque hormis lui et continuerait de le tenir au courant de son état. Après avoir envoyé un message à Molly lui demandant de le rejoindre à la voiture, il se rendit au parking.

— Tenez, dit Molly en montant dans la limousine, je vous rends la bague.

— Non, portez-la.

— Pas au bureau, voyons.

— Si. Connaissant mes parents, ils vont claironner la nouvelle de nos fiançailles. D'ici midi, toute la Riviera italienne sera au courant. Aussi, préparez un communiqué officiel dès notre arrivée au bureau. J'ai besoin de ce moyen de pression sur eux. Les gens qui comptent connaissent la signification de cette bague de famille. En la voyant à votre doigt, ils sauront que c'est moi l'héritier d'Ottorino. Pas mon père.

— Officialiser nos fiançailles ne fait pas partie de notre marché, murmura-t-elle.

Elle remit cependant la bague à son doigt et fixa la route, les lèvres serrées et les yeux brillants de détresse.

Et *nonno* qui lui disait de lui confier son cœur ! C'était impossible quand elle avait déjà prévu la date de son départ. D'un autre côté, Gio n'avait pas envie d'une autre rupture ultra-médiatisée.

Se marier et produire un héritier était son devoir. Sans cela, s'il lui arrivait malheur, ses parents prendraient la direction de Casella Corporation et anéantiraient tout ce que *nonno* et lui avaient construit. Il avait promis à son grand-père de garder Molly, mais comment faire ? Épouser son assistante et revendiquer la paternité de son bébé ? C'était ridicule. Ils se connaissaient à peine. Jusqu'à la veille, ils n'avaient jamais discuté d'autre chose que du travail.

Mais il y avait eu ce baiser...

Mieux valait ne pas y penser.

— Nous avons pas mal de points à voir ensemble ce matin,

annonça-t-il plus sèchement qu'il n'en avait eu l'intention. À commencer par suspendre le marché d'Athènes. Il n'est pas question de signer quoi que ce soit tant que Zamos n'est pas tiré d'affaire.

Gio énuméra ensuite ses autres priorités, et fut content de voir Molly déléguer sur-le-champ quelques tâches à Nelo et d'autres à ses homologues à Londres et à New York.

À leur arrivée au bureau, une thermos de café, une autre de thé et un plateau de viennoiseries les attendaient. Dans la minute, il demanda à Nelo d'appeler le *signor* Donatelli.

— Bonjour, Vittorio, dit-il tout en faisant signe à Molly de rester dans la pièce et de s'asseoir sur le canapé.

— *Buongiorno*, Gio. J'ai appris l'hospitalisation de ton grand-père. J'en suis désolé. J'espère qu'il ira très vite mieux.

— Moi de même. Le temps presse. Aussi, je vais aller droit au but. J'ai besoin que tu établisses un contrat pour mes parents dans le style du dernier. Doubles-en le montant avec pour condition qu'ils renoncent à toute revendication sur le domaine et Casella Corporation.

— Je t'envoie une proposition dans la journée pour approbation.

— Parfait. Je te prie de m'excuser, mais je dois te quitter à présent. Ces deux derniers jours ont été difficiles, et j'ai pas mal de dispositions à prendre.

— Je comprends. Puisque tu es en Italie, penses-tu pouvoir assister à ma soirée de samedi ?

Gio réfléchit très vite. Cette invitation, refusée quelques semaines auparavant car il pensait être à New York, tombait à point nommé. Milan était à moins d'une heure de Gênes en hélicoptère…

— Si l'état de *nonno* le permet, je viendrai en compagnie de ma fiancée.

Molly, jusque-là occupée avec sa tablette, releva aussitôt la tête, le regard indigné.

— Quelle surprise ! Ma femme ne m'a rien dit. Félicitations.

— Pour une fois tu as une longueur d'avance sur Gwyn. Ce sera annoncé officiellement dans la journée.

— Eh bien, je suis flatté d'être le premier à l'apprendre, et je me fais d'avance un plaisir de lui transmettre cette merveilleuse nouvelle. Je te rappelle plus tard au sujet du contrat.

Sa conversation terminée, Gio ramena son attention sur Molly.

— Alors, le communiqué est prêt ?

— Celui de nos fiançailles ? J'ai chargé Nelo de le rédiger. C'est ce que vous vouliez, non ?

Son ton facétieux le surprit, mais il se souvint de lui avoir demandé de déléguer ses tâches.

— Vraiment ?

— Non, bien sûr. Apprendre que, du jour au lendemain, le patron se fiance avec une modeste employée l'aurait fait tomber en syncope.

— Pourquoi ? Beaucoup d'hommes trouvent la femme de leur vie sur leur lieu de travail. Il ne s'agit pas d'une liaison. Je vous épouse. C'est très romantique.

Elle se racla la gorge avant de déclarer avec fermeté :

— Nous n'allons pas nous marier.

— Mais vous avez rédigé le communiqué ? demanda-t-il en allant s'asseoir à côté d'elle sur le canapé.

Elle se raidit, mais l'atmosphère s'électrisa immédiatement entre eux. Leur attirance était si magnétique qu'il dut se retenir de lui prendre la main.

Il se pencha alors sur le texte qu'elle avait écrit. Il était bref, et parlait de « fiançailles surprises » avec une employée qui avait récemment annoncé son départ de Casella Corporation.

Que diable avait-elle eu besoin de préciser cela ! C'était irritant. Attrapant alors le téléphone privé à coque fleurie qu'elle avait posé à côté de ses genoux, il l'éleva devant eux et lança :

— Il faut l'accompagner d'une photo. Comme nous n'avons pas le temps d'aller chez un professionnel, un selfie fera l'affaire. Ayez l'air aux anges !

Elle lui abaissa le bras.

— Vous êtes déjà allé jusqu'à l'autel une fois.

— Oui, mais c'est différent.

— Pas du tout. Je ne vous épouserai pas et je préfère que ce soit clair afin de vous éviter un autre moment humiliant.

Alors ne me repoussez pas, se retint-il de lui dire. Dans le seul but de tenir sa promesse à *nonno*, bien sûr. Il se leva et arpenta son bureau afin d'évacuer sa subite tension.

— J'ai toujours su devoir me marier et engendrer la génération suivante. J'avais traité mes fiançailles avec la même rigueur qu'une fusion-acquisition. Cette fille était belle, charmante, avait de bonnes relations et besoin d'argent. J'ai été ennuyé que ça ne marche pas, mais pas humilié.

— Donc vous n'étiez pas amoureux d'elle ? Vous n'avez pas eu le cœur brisé ?

— Non. Pas du tout.

— Dans ce cas, pourquoi n'en avoir pas cherché une autre depuis toutes ces années ?

À la manière dont elle le regarda, il eut l'impression qu'elle lisait en lui.

— C'est bon, marmonna-t-il. J'ai été vexé.

Blessé plus exactement, car ce rejet avait réveillé en lui l'écho douloureux d'un précédent beaucoup plus vieux – mais Molly n'avait nul besoin de le savoir. Pour cela, Gio avait toujours évité de s'attacher, et donc de chercher une autre femme.

Il y avait aussi eu le fait que la seule femme qui l'avait attiré était son employée. L'écouter rire ou admirer son petit derrière au passage lui était permis, mais la séduire ne l'était pas. Se limiter à la convoiter avait l'avantage de lui éviter d'être repoussé.

— Je me fiche que nos fiançailles se terminent dans trois semaines, reprit-il, très conscient de mentir. Toutefois, leur but ne se limite plus à seulement satisfaire mon grand-père. Elles m'établissent comme son héritier. Elles résolvent beaucoup de mes problèmes.

— Vous avez de la chance, rétorqua-t-elle. Pour moi, elles en créent un nombre infini.

— Mais vous jouerez le jeu, n'est-ce pas ?

— Oui. Pendant dix-neuf jours.

Une multitude de questions montèrent aux lèvres de Gio, la principale concernant l'identité du père de son enfant. Il les garda pour lui, revint s'asseoir à côté d'elle et tendit le téléphone en l'air.

— Mettez une main sur ma joue. Je veux que la bague soit visible.

Lui passant alors un bras autour des épaules, il la rapprocha de lui. Elle avança sa main puis, d'un doigt, lui effleura les lèvres.

— Voilà qui est mieux, dit-il tout en appuyant sur le mode « rafale ».

— Ne prenez donc pas tant de photos ! Je vais perdre du temps à les effacer.

Ignorant sa demande, il poursuivit tout en variant les angles de prise de vue.

— Embrassez-moi la joue.

— Non, c'est fini, les baisers.

— Pour la photo, insista-t-il.

Se penchant, il approcha ses lèvres des siennes tout en continuant à presser le bouton de l'appareil à l'aveuglette.

Molly murmurant son prénom, Gio reposa le téléphone derrière lui, et scruta son regard. Il y lut un désir qui attisa le sien. Dans la seconde, il referma les bras autour d'elle, puis prit possession de ses lèvres déjà entrouvertes.

Cette fois, ce fut un véritable baiser. Celui dont il rêvait depuis l'instant où Valentina lui avait présenté sa nouvelle assistante et où Molly s'était nerveusement mordu la lèvre tandis que ses joues rosissaient.

Comme elle lui passait un bras autour du cou, il laissa ses mains courir, l'une sur l'arrondi de ses hanches, l'autre sur le renflement de ses seins. Elle gémit mais, loin de s'éloigner, se pressa contre lui. La soulevant, il la mit à cheval sur ses genoux.

Un petit cri de surprise lui échappa lorsqu'il lui prit les fesses à pleines mains et la plaqua contre l'évidence de son désir. Là encore, elle ne le déçut pas. Son envie de lui brilla dans ses yeux, et elle approfondit leur baiser.

Gio aurait aimé la renverser sur le canapé et leur prouver à tous deux qu'il était le seul homme comptant pour elle.

Hélas, c'était faux. Même si elle refusait de lui en révéler l'identité, le père de son bébé faisait encore partie de sa vie. Une partie énorme à en juger son entêtement à dresser un mur de silence autour de lui.

Cette pensée suffit à refroidir ses ardeurs. Il recula brusquement la tête.

Molly le regarda, étonnée, mais presque aussitôt une lueur de regret assombrit ses yeux.

Comme il attrapait le téléphone posé à côté de sa cuisse, elle le lui prit des mains.

— Pas question.

— Je voulais simplement voir si une des photos était utilisable.

Briser l'ambiance étant le seul moyen de ne pas se laisser à nouveau tenter, Gio regarda les photos qu'elle faisait défiler. Il l'arrêta sur l'une d'elles. Ils s'y fixaient d'un air à la fois tendre et candide, et la bague y était bien visible.

— Celle-là est bonne.

— Ou celle-ci peut-être, répondit-elle.

Et tandis qu'elle revenait à la précédente, son téléphone bipa, puis un message s'afficha provenant de « maman ».

J'ai une mauvaise nouvelle, ma chérie. Appelle-moi dès que possible.

Une brusque angoisse fondit sur Gio, mais déjà Molly se levait d'un bond.

— Doucement, bon sang ! s'exclama-t-il, se souvenant de sa peur en la voyant s'effondrer pendant le petit déjeuner.

— Je pense savoir ce qu'elle a à me dire, mais je dois l'appeler.

— Votre mère est sage-femme, m'avez-vous dit. Parlez-lui de votre évanouissement. Et donnez-moi son numéro au cas où quelque chose vous arrive.

Un soupir lui indiqua qu'il venait de mettre sa patience à l'épreuve.

— Je vais envoyer à Nelo le texte du communiqué accompagné de la photo que vous avez choisie. Dès maintenant, nous sommes officiellement fiancés. Vous devez être content, c'est ce que vous vouliez, non ? Quant à ma vie privée, cessez de chercher à la connaître.

Cette flèche décochée, elle sortit pour rejoindre le bureau adjacent, autrefois celui de Valentina, puis referma la porte derrière elle.

5

Connaissant la raison de l'appel de sa mère, Molly sentit son angoisse du matin remonter à toute allure.

En plus de son travail de sage-femme, Patricia Brooks avait toujours fait du volontariat dans une clinique pour adolescentes. C'était là qu'elle avait rencontré une jeune fille de seize ans inquiète et enceinte. Sasha voulait avoir son bébé, puis le faire adopter. Un problème se posait cependant. Ni ses parents, ni le père, marié et bien plus âgé qu'elle, ne devaient être au courant de sa grossesse. Elle devait donc trouver un endroit sécurisé où se cacher jusqu'à la naissance.

Patricia avait pour devoir de signaler un abus sur mineure, mais Sasha avait menacé de s'enfuir si elle contactait les autorités. Imaginant sa propre fille, à peine plus jeune, dans une telle situation, elle avait donc ramené l'adolescente dans leur maison, avait suivi sa grossesse, puis l'avait aidée à mettre au monde Libby.

Ni elle ni Molly ne pouvant imaginer la petite fille partir dans une famille inconnue, Patricia l'avait adoptée tout en précisant à Sasha qu'il s'agissait d'une adoption ouverte et qu'elle pourrait venir voir Libby quand elle le voudrait. Mais Sasha, voulant effacer jusqu'au souvenir de sa maternité, leur avait fait jurer de taire sa parenté avec le bébé, les avait toutes trois quittées quinze jours plus tard et ne leur avait plus donné signe de vie.

Lorsque le hasard l'avait remise en contact avec Molly, Patricia avait approuvé la décision de sa fille de porter l'enfant de celle qui avait été sa meilleure amie. Par conséquent, apprendre l'accident arrivé aux Zamos l'avait inquiétée.

— Que vas-tu faire ? demanda-t-elle.

— Je ne sais pas. Sasha est dans le coma suite à une commotion cérébrale. Son mari s'en tire avec des membres fracturés. Selon les médecins, tous deux devraient se rétablir complètement. Sasha m'appellera certainement dès qu'elle le pourra. Au fait, dans un autre registre, j'ai reçu une promotion et je suis actuellement en Italie.

— Au moins, tu es près d'elle.

— Oui mais, ses parents étant à son chevet, je ne peux pas aller la voir.

Molly prit alors une profonde inspiration avant de partager sa seconde nouvelle.

— J'ai autre chose à t'annoncer. Je suis fiancée.

— À qui ? s'exclama Patricia.

Sa conversation terminée, Molly retourna dans le bureau de Gio.

— Votre sœur va bien ? demanda-t-il aussitôt, visiblement inquiet.

— Oui. La mauvaise nouvelle concernait une amie. J'ai averti maman de nos fiançailles, et je lui ai expliqué qu'il s'agissait seulement d'une comédie.

Le voyant hausser les sourcils, elle ajouta :

— Je veux bien mentir à tout le monde pour vous, Gio, même à ma petite sœur, mais pas à ma mère.

Étant donné la tendance de Libby à partager sa vie avec ses

amies, toutes deux avaient jugé plus sage de lui laisser croire que ces fiançailles étaient réelles.

— Lui avez-vous dit que vous vous étiez évanouie ce matin ?

— Oui. À ce sujet, ma praticienne m'a envoyé une ordonnance pour une prise de sang à faire ici à Gênes. Je lui communiquerai les résultats ainsi qu'à ma mère.

— Eh bien, qu'attendez-vous pour aller dans un laboratoire ?

— J'irai après la visioconférence avec Valentina.

— Non, allez-y tout de suite et emmenez Nelo. En plus d'être capable de gérer Valentina, je préfère le savoir à vos côtés si vous vous évanouissez de nouveau.

Molly partit donc faire sa prise de sang, puis envoya la photo officielle des « fiançailles » à sa sœur. Libby l'appela pendant qu'elle déjeunait avec Nelo dans un petit restaurant à leur sortie du laboratoire – ordre formel de Gio. Sa sœur nageait en plein romantisme.

Bien entendu, elle voulut voir la bague et rencontrer son fiancé.

— Il n'est pas avec moi en ce moment, mais nous t'appellerons plus tard. Je dois rentrer au bureau, maintenant, et tu dois aller en classe. Alors, bonne journée à maman et toi.

Sous le feu des questions de Libby, Gio allait probablement regretter de l'avoir mise dans une telle situation. Toutefois, si Molly s'était attendue à la réaction enthousiaste de sa sœur, grande fut sa surprise de voir leur arrivée au siège de Casella Corporation accueillie par des applaudissements fournis accompagnés de félicitations.

Elle sourit tout en sentant ses joues s'embraser, puis des larmes lui monter aux yeux.

— Le communiqué est déjà publié ? demanda-t-elle dans un murmure à Nelo.

— Oui, M. Casella m'a demandé de le mettre en ligne au

plus tôt. Les fiançailles de notre président sont un événement important.

— Bien joué, Nelo, déclara Gio, vous l'avez retenue juste assez longtemps.

Sur sa table de travail trônait un gâteau blanc formé de deux cœurs entrelacés, décoré de petites roses en pâte d'amande et portant l'inscription : *Congratulazioni Gio e Molly.*

— C'est une très belle surprise, Gio, dit-elle avec une sincérité qui la surprit. Mais vous… *tu* vas me le payer très cher.

Un éclat de rire des secrétaires massées à la porte salua sa repartie, et elles leur réclamèrent un baiser.

Se souvenant de leur baiser précédent, qui aurait pu se terminer en ébats très intimes si Gio n'y avait pas mis fin, Molly sentit le sang lui enflammer les joues. Malgré son envie d'en recevoir un autre, elle s'apprêtait à trouver une excuse pour l'éviter lorsque Gio l'attira dans ses bras.

Elle posa les mains sur ses épaules et scruta ses yeux. Leur éclat n'avait rien d'une comédie. Il avait accepté de ne pas jouer avec elle, mais rendait leurs fiançailles si réelles, si parfaites, qu'il lui devenait difficile de ne pas y croire.

Hélas, tout serait terminé dans moins de trois semaines.

Alors, autant en profiter, décida-t-elle avant de s'abandonner à ses lèvres.

Les employés firent une série de photos pendant qu'ils découpaient le gâteau, et les publièrent sur les réseaux sociaux. Ils étaient si visiblement heureux pour eux que Molly commença à se sentir mal à l'aise de leur mentir.

Lorsqu'ils se retrouvèrent enfin seuls, elle s'exclama :

— Je n'arrive pas à croire que vous m'ayez mise dans une telle situation !

— Valentina non plus n'en revenait pas. Vous auriez dû voir sa tête quand, dans un premier temps, je lui ai annoncé que « nous étions ensemble ». Elle était prête à informer la direction des ressources humaines de mon comportement ! Croyez-moi, elle ne plaisantait pas. Mais je lui ai expliqué qu'il s'agissait d'une manœuvre pour faire accepter des soins à mon grand-père et maintenir mes parents hors de la compagnie.

— Je vous en remercie. J'avoue m'être inquiétée de sa réaction.

Ils travaillèrent ensuite jusqu'en fin d'après-midi, puis rentrèrent à l'appartement après avoir partagé le dîner d'Ottorino à l'hôpital.

— Je déteste mentir à tout le monde, et en particulier à votre grand-père, déclara Molly en arrivant.

Puis, pendant que Gio ôtait sa cravate, leur servait un verre d'eau gazeuse pour elle et un whisky pour lui, elle s'assit sur le canapé, enleva ses escarpins et replia ses jambes sur les coussins.

— Mon grand-père préférerait que ce ne soit pas un mensonge.

— J'en suis consciente. Cependant, même si je l'aime de plus en plus, ce n'est pas le genre d'amour pour lequel je compte me marier.

— Seriez-vous romantique dans l'âme ? demanda-t-il en venant s'installer dans un fauteuil face à elle. Je vous imaginais plutôt douée de sens pratique, mais vous laissez les gens avoir prise sur vos émotions, n'est-ce pas ?

Elle lui décocha un sourire amusé.

— Vous, par exemple ?

Le voyant boire une gorgée de whisky sans répondre, elle reprit :

— J'aime aider quand c'est possible. La plupart des gens aussi, d'ailleurs. Mais mon désir de me marier par amour est en fait un choix réfléchi. Mes parents se sont mariés parce que ma mère est tombée accidentellement enceinte. Tous deux m'aimaient, mais se sentaient enfermés ensemble. Me sachant la cause de leur mariage, je me suis sentie responsable de leur séparation. Cette idée m'a beaucoup peinée.

— Vous saviez cela à six ans ?

— Non. J'ai appris plus tard qu'il n'y avait jamais eu d'amour entre eux. Après s'être mariés par devoir, ils ont essayé de créer un véritable couple, en vain. Ils sont beaucoup plus heureux séparés. Leurs explications n'ont jamais réussi à me débarrasser totalement de mon sentiment de culpabilité. Je ne veux pas faire vivre cette situation à mon enfant.

Comme les yeux de Gio glissaient sur son ventre, Molly réalisa qu'il devait penser à ce bébé et se demander une fois de plus pourquoi elle n'était pas avec le père.

— Allez-vous rentrer aux États-Unis dans trois semaines ?

— Non.

Et pour cause, à l'origine, elle devait passer le reste de sa grossesse avec Sasha sur une île où personne ne les verrait. Hélas, l'accident risquait de perturber, voire d'annuler ce projet. Pourquoi diable Rafael ne l'avait-il pas contactée ? Il n'était pas dans le coma, lui !

— Alors continuez à travailler avec moi jusqu'au début de votre congé maternité.

— Pour que tous les gens, y compris votre grand-père, croient que ce bébé est le vôtre ? Pas question. Cette comédie est déjà allée trop loin. Tous doivent déjà se demander pourquoi vous vous êtes fiancé à moi. Je suis une petite provinciale. J'appartiens à un monde radicalement différent du vôtre, et je ne suis même pas le genre de fille avec qui vous sortiriez.

— Pourquoi dites-vous ça ?

— Le feriez-vous ? rétorqua-t-elle.

Il la fixa tout en sirotant son whisky, une expression indéchiffrable sur le visage.

— Et *vous*, auriez-vous une liaison avec moi ?

Consciente de lui avoir laissé entendre qu'elle y serait prête en lui demandant de ne pas jouer avec elle, Molly biaisa.

— La question ne se pose pas vu que je suis enceinte.

— Je pensais que même enceintes les femmes pouvaient faire l'amour.

— Bon sang, Gio !

— Au fait, avez-vous déjà reçu les résultats de votre prise de sang ?

— Pas encore.

— Eh bien, nous discuterons d'une liaison lorsque vous les recevrez.

— Vraiment ? répliqua-t-elle, espérant que son sarcasme lui dissimulerait sa subite émotion.

— C'est vous qui avez abordé le sujet. Je suis simplement prudent en préférant attendre l'arrivée de vos résultats. Je ferai d'ailleurs un examen complet moi aussi pour vous rassurer sur mon état de santé.

— Vous êtes incroyable !

Ce qui l'était encore plus était d'avoir caressé l'idée de faire l'amour avec son patron tout en portant l'enfant secret de sa meilleure amie !

— Je vais prendre un bain, déclara-t-elle en se levant.

— Appelez-moi si vous voulez que je vienne vous frotter le dos.

Malgré sa terrible envie de le faire et de sentir les mains de Gio sur son corps, Molly leva les yeux au ciel.

Une attitude loin d'être professionnelle. Allait-il la virer sur-le-champ ?

Le travail les occupa le reste de la semaine. Lorsqu'ils quittèrent l'appartement pour s'installer dans la villa avec Ottorino, Molly voulut y faire transférer ses affaires, mais Gio lui conseilla de ne prendre que l'essentiel.

— Ilario a déjà préparé votre chambre. Vous y trouverez tout ce dont vous avez besoin.

En effet, une nouvelle garde-robe l'y attendait, encore plus imposante que la précédente.

Mais Molly avait des soucis plus importants que la manière dont Gio dépensait son argent. Sasha avait repris connaissance, Rafael avait subi les interventions nécessaires, et ses nombreux messages restaient toujours sans réponse.

Sur un plan plus positif, sa praticienne, le Dr Kala Nerula – qui en tant que spécialiste en fertilité avait procédé à la fécondation in vitro –, l'appela. Les analyses étant bonnes, elle attribuait l'évanouissement de sa patiente au choc subi. Kala lui conseilla de manger sainement et d'éviter de s'inquiéter en attendant que ses amis sortent de l'hôpital.

— Puis-je avoir une vie intime personnelle sans mettre en danger le bébé ?

— La période d'implantation est suffisamment loin, répondit Kala après un temps de surprise, et votre grossesse n'est pas à haut risque, donc cela ne devrait pas poser de problème. Je vous conseillerais cependant d'éviter de faire de cette période une phase expérimentale.

— Bien sûr. En fait, je connais cet homme de longue date et...

Et si Kala lui avait interdit tous rapports intimes, cela l'aurait arrangée, mais déjà la praticienne répondait :

— Je ne peux pas vous dire ce que vous devez faire ou ne pas faire, Molly, mais gardez à l'esprit que vous cherchez peut-être simplement du réconfort pour vous aider à traverser ce moment éprouvant, ce qui pourrait colorer vos sentiments.

— Je vous remercie.

Ce n'était toutefois pas du réconfort qu'elle voulait de la part de Gio. Elle voulait des baisers, des caresses, de la passion.

Même si, outre le fait d'être enceinte, une relation avec son employeur n'était pas raisonnable.

D'un autre côté, il s'agirait seulement d'une aventure passagère. Alors, pourquoi s'en priver ?

Le samedi matin, tandis qu'elle prenait le petit déjeuner dans le jardin avec Gio, il déclara :

— Nous devons partir dans une demi-heure. Cela vous laisse le temps de vous préparer.

— Mais c'est samedi. Y a-t-il quelque chose d'urgent nécessitant notre présence au bureau ?

— Non. Nous avons la soirée de Vittorio Donatelli à Milan. Aussi vous devez aller faire des essayages pour trouver une tenue appropriée.

— Mais vous m'avez fait livrer de nombreuses robes de cocktail.

— Il s'agit d'une soirée très importante – une collecte de fonds annuelle pour une association caritative, en fait – et de votre première sortie en tant que ma fiancée. Il vous faut donc une robe de couturier. J'ai déjà averti *nonno* que nous ne rentrerions pas coucher ici. Alors, allez vite vous préparer.

Molly remonta dans sa chambre. Une employée de maison ayant déjà fait sa valise, elle n'eut qu'à choisir une tenue de voyage.

Alors qu'ils prenaient congé de son grand-père, Otto demanda :

— De quelle couleur est votre robe ce soir ?

— Je ne sais pas encore, je dois la choisir à Milan.

— Peu importe. Prends le serpent en diamants dans le coffre, Gio.

— Otto, protesta Molly.

— Appelez-moi *nonno*, désormais.

Gio revint avec un écrin carré. Il contenait littéralement

un serpent en diamant dont la bouche mordait le haut de la queue et dont les yeux étaient faits d'émeraudes allongées, ainsi qu'une paire de boucles d'oreilles assorties.

— J'ai fait faire ce collier pour notre cinquième anniversaire de mariage. Theresa l'adorait. Il lui attirait toutes sortes de compliments au cours des soirées.

Émue par la gentillesse de cet homme aux charmantes manières d'une autre époque, elle le remercia.

— Je serai honorée de le porter, *nonno*.

— Allez vous amuser, à présent.

Bien que commençant à s'habituer au luxe qui entourait Gio, celui de la cabine de son hélicoptère la stupéfia. Tandis que, suspendu entre le sol et les nuages, l'appareil filait vers Milan, Molly déclara :

— Vous devez dire la vérité à votre grand-père. Lui mentir de la sorte me pèse énormément.

— Je ne l'envisagerai que lorsque son état sera suffisamment stabilisé. Au fait, j'ai reçu mes résultats d'analyses. Je suis parfaitement sain.

— Pardon ?

— Je vous avais dit que je me ferais tester. Qu'a dit *votre* médecin ?

— Que tout était parfait, répondit-elle en se renfonçant dans son fauteuil et en ramenant les yeux sur le paysage.

— Vous ne lui avez pas demandé si...

— Oh ! mon Dieu, Gio !

— Donc vous n'avez rien demandé. Mais j'espère réentendre ces mots dans votre bouche très bientôt.

— Vous n'êtes pas drôle.

— Je ne plaisantais pas.

Molly l'ignora pendant le reste du vol. Ou, plus exactement, essaya de l'ignorer, ce qui lui fut difficile. Par chance, quelques minutes plus tard, ils atterrirent à Milan.

Après un court trajet en voiture, ils arrivèrent à l'hôtel, dans une magnifique suite dotée d'un salon prolongé par une large terrasse et de deux chambres. Gio ouvrit la porte d'une d'elles et la présenta à une jeune femme belle et sophistiquée qui attendait en compagnie de trois autres.

— Molly, voici Ursula qui va s'occuper de toi avec son équipe. Lorsque tu auras choisi parmi toutes les robes de ce présentoir, tu pourras aller te faire masser au spa pendant que les retouches nécessaires seront faites. Puis son équipe te coiffera et te maquillera.

Émue que Gio l'ait tutoyée, même si c'était uniquement pour jouer le rôle du parfait fiancé, elle sourit à la ronde.

— Enchantée, mesdames.

— Je dois aller voir Vittorio pour finaliser le contrat concernant mes parents, ajouta-t-il en lui passant un bras autour des épaules.

— Tu ne restes pas pour me donner ton avis ?

— Quoi que tu choisisses, tu seras très belle.

Sur ce, après lui avoir déposé un baiser sur les lèvres, il les quitta sur un « à tout à l'heure » accompagné d'un regard brûlant destiné à elle seule.

Molly ramena alors son attention sur les jeunes femmes, le goût des lèvres de Gío encore présent sur les siennes.

6

Les ancêtres de Gio avaient fait fortune dans les assurances maritimes avant de faire construire leurs propres navires, puis d'étendre leurs activités au domaine du fret aérien.

Lorsque Ottorino avait pris la présidence de Casella Corporation, l'influence de la famille était déjà considérable et sa compagnie possédait assez de terres agricoles pour alimenter son nouveau négoce en huile d'olive, pâtes et produits dérivés.

Otto avait alors épousé Theresa, l'héritière d'un constructeur automobile, une union qui malgré son côté financier intéressant était un mariage d'amour. Hélas, sa femme ne lui donna qu'un seul enfant avant de mourir d'une crise cardiaque lors de la quatorzième année d'Ambrose.

Après cela, Otto devint un homme renfermé, et son fils un adolescent perturbé, abusant de substances illicites. Ambrose accepta d'aller en cure de désintoxication dans le seul but de rentrer dans les bonnes grâces de son père, puis continua de dépenser l'argent familial et de faire la fête à tout-va. Après avoir trouvé une épouse, aussi superficielle et manipulatrice que lui, il s'empressa d'avoir un enfant. Une procréation calculée pour, une fois la descendance assurée, leur permettre d'éjecter au plus vite Otto de la présidence et l'y remplacer.

Ils ne s'intéressèrent d'ailleurs jamais à leur fils, le laissant aux mains d'une succession de nounous, et l'utilisant comme moyen de pression sur Otto. Ils l'empêchaient même de voir son grand-père, conditionnant les rares visites accordées à ce dernier à un versement d'argent.

Un jour, poussé à bout par leurs frasques incessantes et leur manière de traiter leur enfant, Otto leur mit à son tour un marché en main : il prendrait à sa charge les frais du pensionnat privé où son petit-fils devait entrer et dirigerait seul son éducation en échange de sa tutelle ainsi que d'une rente importante pour eux.

Gio fut ainsi sauvé des maltraitances parentales. Ambrose et Fridrika étaient de la même espèce : des parasites narcissiques fainéants. Son père était un être ouvertement indifférent à lui autant que financièrement intéressé. Sa mère était pire car elle manipulait les émotions des gens pour se faire aimer d'eux et les laisser choir après.

Après en avoir fait maintes fois lui-même la triste expérience et en avoir beaucoup souffert, Gio aurait volontiers coupé tous les ponts avec eux dès sa majorité, mais cela aurait peiné son grand-père pour qui maintenir les liens familiaux coûte que coûte était primordial.

D'où le contrat qu'il avait chargé Vittorio d'établir. Toutefois, réalisa-t-il, s'il lui arrivait malheur, son père se trouverait en première ligne pour l'héritage. Et, même si *nonno* surmontait ses récents problèmes de santé, il lui restait peu d'années à vivre. Il devait donc sérieusement songer à se marier. Trouver une femme qui veuille vraiment être mère et comprenne l'importance de l'éducation qu'il souhaitait donner à ses enfants.

Une comme Molly…

Hélas, son grand-père allant beaucoup mieux, il allait devoir lui avouer sous peu la vérité. Gio redoutait d'autant plus de le décevoir qu'Otto semblait déjà extrêmement attaché à Molly.

Était-ce si ridicule de vouloir l'épouser ? Le fait de venir de mondes différents, ce qui semblait tant l'inquiéter, n'était pas un obstacle. Il avait appris avec sa première fiancée que fréquenter les mêmes milieux ne garantissait pas une union heureuse. Lui et Molly s'entendaient très bien, partageaient des valeurs essentielles et une éthique de vie. De plus, il savait combien il était important pour un enfant d'être élevé dès la naissance par un parent aimant, même si ce parent n'était pas son père biologique. Après avoir été tenu éloigné pendant des années de son grand-père, il lui avait fallu du temps pour bâtir la solide relation qui les liait à présent.

Plus Gio y pensait, plus leur mariage lui paraissait envisageable. Au lieu d'être mère célibataire, Molly aurait un époux qui lui procurerait ainsi qu'à son enfant une existence confortable. Bien sûr, il avait douté de ses capacités à être père, mais la chaleur humaine naturelle de Molly viendrait certainement à bout de ses craintes.

Lui aurait une partenaire de vie de compagnie agréable. Or *nonno* adorait déjà Molly. Un signe extrêmement important dans la mesure où son grand-père avait, dès le premier regard, vu la laideur intérieure de Fridrika sous sa beauté extérieure.

Un autre fait pesant fortement dans la balance était leur attirance quasi animale. Gio tenta de l'écarter de son esprit afin de pouvoir rester objectif. Malgré cela, il se rappela leur conversation au sujet d'une possible liaison entre eux. Bien que conscient de toujours être son employeur, il était plus que prêt à en entamer une. Elle aussi d'ailleurs, à en juger par la passion dont elle avait fait preuve en l'embrassant. Cette seule évocation lui mit le corps en émoi.

Une fois ses affaires réglées, Gio revint dans la suite et enfila son smoking. Lorsqu'il alla chercher Molly dans sa chambre, il se figea à la vue de son corps moulé dans un fourreau vert métallisé dont le bas fendu sur un côté dévoilait la finesse d'une jambe accentuée par la hauteur de ses escarpins. Le collier serpent dont le pendant reposait entre le bombé de ses seins faillit lui couper le souffle. Une véritable déesse !

Pour une fois, ses cheveux étaient détachés et encadraient son visage au maquillage subtil rehaussant ses lèvres d'un grenat qu'il imagina aussitôt maculer la peau de tout son corps.

— Vous êtes superbe, murmura-t-il, subjugué.

— Voyons, Gio, je me sens dans la peau d'un imposteur.

— Pourquoi donc ?

— Soyez réaliste, répondit-elle, je n'appartiens pas à ce monde.

— J'hésite à dire cela, *cara*, car je m'étais promis de ne pas être trop direct ce soir, mais, si vous m'appartenez, vous êtes à votre place ici.

— Mais je ne vous appartiens pas.

— Ce n'est qu'une question de temps.

Délaissant son désir de plus en plus impératif de la faire sienne, Gio lui prit la main et la porta à ses lèvres.

— On y va ?

En arrivant au rez-de-chaussée de l'hôtel devant la salle de bal où avait lieu la réception, Molly serra nerveusement sa pochette en soie verte assortie à sa robe. La sérénité acquise après tous les soins dont elle avait été l'objet au spa avait volé en éclats face à l'admiration évidente de Gio.

Comment résister à un homme qui, sans l'avoir exprimé en termes explicites, semblait partager son exceptionnelle attirance ? Elle avait beau chercher à se convaincre qu'il jouait une comédie pour la galerie, chacun de ses baisers ou petit geste intime lui paraissait réel.

Si vous m'appartenez...

Ces mots résonnaient encore en elle, accompagnés d'une

douce chaleur qui, aussi agréable soit-elle, n'en était pas moins déstabilisante.

— Si vous êtes fatiguée, dites-le-moi, Molly. Nous n'avons pas à rester toute la soirée. Et, ne l'oubliez pas, le tutoiement est de rigueur entre nous.

Elle acquiesça d'un geste de la tête. Le seuil de la salle de bal à peine franchi, elle comprit pourquoi Gio avait insisté pour lui offrir une tenue spéciale. À l'intérieur, ce n'étaient que somptueuses robes longues, smokings et diamants étincelants.

Un couple les accueillit à l'entrée.

— Je suis heureux que tu aies pu venir, Gio, s'exclama l'homme.

— Molly, je te présente nos hôtes, Vittorio et Gwyn Donatelli.

— Nous sommes enchantés de faire votre connaissance, Molly.

Gwyn était blonde, très belle et avait un accent américain. Son époux était grand et très séduisant. Tous deux lui parurent charmants.

— Je vous remercie de m'avoir invitée.

— Ta généreuse donation à notre fondation a été très appréciée, Gio, dit Vittorio.

— Vous êtes américaine aussi, intervint Gwyn. Alors n'hésitez pas à m'appeler si vous avez besoin d'aide. Gio vous donnera mon numéro.

— Je vous remercie. C'est très aimable.

Molly ne s'était pas attendue à être accueillie avec une telle chaleur, surtout après son expérience sur le yacht de Sasha.

— Planifions même un rendez-vous pour déjeuner ensemble, reprit Gwen. J'ai hâte de mieux vous connaître.

— C'est une excellente idée.

En théorie, car dans moins de deux semaines la comédie des fiançailles serait terminée, et elle ne reverrait jamais ces gens, ni même son sublime patron, songea Molly avec un brusque pincement au cœur.

— Nous vous laissons accueillir vos autres invités maintenant, dit alors Gio tout en lui posant une main au creux des reins.

— Bien sûr, répondit Vittorio. Cherche Paolo, il veut te parler, et Lauren a hâte de rencontrer ta fiancée.

— Je vous ai mis à la table de mon frère, Travis, et de sa femme, Imogen, intervint Gwyn. Elle aussi est américaine. Je pense qu'elle vous plaira, Molly.

Gwyn avait vu juste. Sa belle-sœur était une jeune femme charmante et pleine d'esprit qui entama une conversation avec Molly dès leur arrivée à table. Elle était aussi visiblement enceinte – pour la troisième fois – et heureuse de l'être.

— Je constate que vous non plus vous ne buvez pas, lui dit-elle soudain d'un ton complice en aparté.

— En effet, l'alcool me donne des maux de tête.

Un mensonge malgré son envie d'échanger ses impressions de grossesse avec cette sympathique New Yorkaise. Expérience qui, hélas, lui était interdite avec quiconque hormis sa mère.

— Gwyn s'est donc trompée sur la raison de vos fiançailles si rapides. Mais parlez-moi donc de Gênes. Nous venons en Italie une fois par an, mais sommes toujours restés dans la villa de Gwyn et de Vittorio jusque-là sans rien visiter du pays, et ce n'est pas avec un nouveau-né que nous aurons le temps de le faire dans un avenir proche.

— Mon appartement de Gênes est vide et à votre disposition si vous souhaitez en profiter, intervint Gio, prouvant à Molly qu'il suivait leur conversation tout en discutant avec Travis. Nous logeons dans la villa de mon grand-père à Portofino.

— C'est très aimable, mais nous ne voudrions pas voir nos deux enfants le saccager.

— Ta sœur serait ravie de les garder, dit Travis.

L'offre fut donc acceptée sans plus de façons, et ils convinrent de rentrer ensemble le lendemain.

— C'est gentil de leur avoir proposé l'appartement, dit Molly tout en dansant avec Gio une fois le dîner terminé.

— Travis est une relation de travail utile, et vous semblez aimer Imogen. Mon monde n'est pas si différent du vôtre, en définitive.

Elle retint une réplique sarcastique. Malgré sa tenue sophistiquée, lorsqu'il l'avait présentée aux invités, tous l'avaient regardée avec une curiosité à peine dissimulée.

Son amertume disparut cependant alors que, le tempo ralentissant et un morceau sensuel succédant le précédent, Gio la serra contre lui. Comme il lui caressait lentement du pouce le bas du dos, un frisson parcourut Molly et elle abandonna sa joue sur son épaule, heureuse de humer l'odeur familière de son eau de toilette.

— Seriez-vous en train d'essayer de me séduire ? demanda-t-elle tout en relevant la tête.

Il accentua sa caresse. Son regard se fit brûlant.

— J'y réussis, j'espère. J'ai tellement envie de vous embrasser tout à loisir.

Elle aussi. Seulement pas au milieu de la piste de danse, mais dans un endroit où ils seraient seuls, où leurs lèvres pourraient progresser sur d'autres parties de leurs corps. Or le temps lui était compté. Pendant les essayages, le regard d'Ursula sur son ventre ne lui avait pas échappé. Alors, tergiverser revenait à laisser passer une occasion qui ne se reproduirait jamais.

— Cela n'arrivera que ce soir, répondit-elle la voix soudain enrouée. Vous le savez, n'est-ce pas ?

— Prenons les choses au jour le jour, et aujourd'hui filons.

Joignant le geste à la parole, il l'entraîna hors de la salle de bal sans se soucier de dire au revoir à leurs hôtes.

Le cœur battant à tout rompre, Molly le suivit jusqu'à l'ascenseur où, dans l'intimité de la cabine, ils s'embrassèrent avec une passion qui n'avait d'égale que leur impatience.

Lorsqu'ils furent arrivés dans la suite, comme Gio la fixait, du feu dans les yeux, et se débarrassait de son nœud papillon et de ses boutons de manchette, elle resta figée, soudain consciente de son expérience limitée des hommes.

— J'aimerais te déshabiller ici même, mais je veux être doux avec toi. Alors, allons dans ma chambre. Je te veux dans mon lit.

Les jambes soudain en coton, Molly le suivit tout en ôtant ses boucles d'oreilles.

Il ferma la porte, puis s'approcha d'elle.

— Soulève tes cheveux.

Elle obéit et sentit les doigts de Gio tâtonner pour dégrafer son collier et ses boucles d'oreilles. Il les posa sur la table de nuit, puis abaissa la fermeture Eclair de sa robe. Le tissu glissa jusqu'à ses pieds, la laissant avec son seul slip et ses escarpins.

— Tu es si belle, murmura-t-il avant de prendre à nouveau possession de sa bouche.

Molly la lui abandonna avec délices tandis que les sensations, accentuées par le contact de ses vêtements sur sa peau nue, déferlaient en elle. D'un bras possessif, il la plaqua contre l'évidence de son désir.

— Tu es encore habillé, et moi à moitié nue, murmura-t-elle contre ses lèvres.

— J'en suis très conscient.

La maintenant par les fesses, il explora d'un doigt son intimité. Molly haleta.

— Gio...

— Laisse-toi faire, répondit-il en prenant un de ses tétons entre ses lèvres.

Sous les caresses de sa langue et de son doigt qui avait trouvé son point le plus sensible, elle s'accrocha à ses épaules, renversa la tête en arrière et gémit.

— Oh ! oui, Gio...

— Tu es si prête, *bella*. Fais-moi confiance.

Elle aurait bien aimé, mais elle savait que, malgré ses avertissements, il prendrait mal son départ. Gio n'avait pas l'habitude d'être repoussé. Toutefois, en cet instant, c'était bien la dernière chose qu'elle avait envie de faire.

Molly sortit donc sa chemise de son pantalon, puis essaya de dégrafer la boucle de sa ceinture.

— Voilà qui est intensément érotique, dit-il, mais je vais finir seul. Marche jusqu'au lit, que je puisse te regarder.

Elle obéit, posant un pied devant l'autre et balançant les hanches avec une lenteur délibérée tandis que son regard lui brûlait le dos. Lorsqu'elle se retourna, il était entièrement nu.

— Assieds-toi. Même si j'adorerais sentir tes talons sur mes épaules, je vais te les enlever.

Molly se laissa tomber sur le lit avant que ses jambes ne se dérobent sous elle, le souffle soudain court à la vue de son érection.

— Veux-tu que je te...

— Je veux tout de toi, Molly, l'interrompit-il en lui prenant le visage entre les mains. Il me faudra des années pour assouvir tous les fantasmes que tu m'inspires, mais nous avons le temps. Ce soir, je veux simplement être en toi.

Il s'accroupit pour lui ôter ses escarpins avant de demander :

— Préfères-tu que je me protège ?

— Tu m'as dit être parfaitement sain, balbutia-t-elle. Alors... on peut s'en passer.

Se redressant, il la souleva pour la déposer au milieu du lit, puis s'allongea sur elle.

Lorsque Molly referma les doigts autour de son érection,

Gio laissa échapper un râle. Lui saisissant alors les mains, il les plaqua sur l'oreiller au-dessus de sa tête.

— J'ai trop envie de toi.

Il se positionna alors entre ses jambes, et prit possession de sa bouche tout en continuant à la caresser. Lorsqu'elle se tortilla en gémissant, il la pénétra en une longue poussée.

Le cœur de Molly se mit à palpiter. Ça y était. Son rêve s'était réalisé.

Se redressant sur ses coudes, Gio entama un lent va-et-vient.

— Ouvre les yeux, lui ordonna-t-il d'une voix rauque. Ça va, je ne te fais pas mal ?

— Non, c'est si bon...

C'était merveilleux, même, au-delà de ses espérances. Leurs corps étaient en parfaite harmonie. Elle aurait voulu que ce moment ne s'arrête jamais. Et le plaisir ne cessait de grimper, toujours plus intense.

Molly s'était bien leurrée en se croyant capable d'une aventure sans lendemain avec Gio. Elle ne serait plus la même après lui. Elle lui appartiendrait à jamais. À cette pensée, un frisson lui secoua le corps.

— Vas-y, ne te retiens pas, lui ordonna-t-il.

Elle obéit, s'abandonnant à l'extase. Quelques secondes plus tard, Gio l'y rejoignait d'un puissant coup de reins, puis s'effondrait sur elle.

Leurs corps encore joints s'apaisèrent petit à petit. Jamais elle n'avait vécu pareille expérience avec un homme.

Je le veux dans ma vie le restant de mes jours, songea-t-elle alors.

Mais tandis que l'euphorie post-coïtale s'estompait, Molly sentit la tristesse la submerger. Elle ne faisait pas partie du monde de Gio...

7

Après une nuit d'amour, Gio se réveilla, un bras autour de Molly, ses fesses contre lui. Il n'en revenait pas. Elle s'était révélée être tout ce qu'il avait imaginé, et davantage encore.

Un peu plus tard, après qu'ils s'eurent douchés ensemble et habillés, la voyant s'activer et commencer à rassembler ses vêtements, il déclara :

— Laisse tout ça. La femme de chambre fera ta valise. Allons prendre le petit déjeuner. Tu es certainement aussi affamée que moi.

Une ravissante teinte rosée colora ses joues.

— Comme nous n'aurons pas le temps de visiter la ville, reprit-il, j'ai réservé une table au restaurant du rooftop pour profiter de la vue.

— Quelle gentille attention, répondit-elle en rangeant ses deux téléphones dans son sac à main. Je suis prête. Allons-y.

Une fois sur le toit-terrasse et leur commande passée, Gio demanda :

— Comment te sens-tu ?

— Affamée.

— Je voulais dire... Aucun effet indésirable après nos activités nocturnes ?

— Enfin, Gio, ce n'est pas comme si nous avions fait une excursion en montagne ou pratiqué un loisir à haut risque.

— Je n'ai jamais pris de temps pour les loisirs, mais j'en vois l'intérêt maintenant et je vais en prendre.

Molly gloussa tout en lui lançant un regard lourd d'attente pécheresse.

— Cela dit, tu n'as pas répondu à ma question.

— Je vais bien, merci.

Voilà qui était parfait car une nuit ne lui avait pas suffi. Son idée de la veille s'était précisée. Il voulait plus de temps avec elle, une implication plus grande, et surtout plus d'elle.

Mais la voulait-il comme épouse ?

Gio y réfléchit tout en mangeant. Quelques personnes, présentes à la soirée de la veille et résidant elles aussi dans l'hôtel, vinrent les saluer. Molly avait tort de penser ne pas être à sa place dans son monde. Bien sûr, les gens étaient curieux de la voir, mais ils ne lui auraient pas accordé autant d'intérêt si lui ne s'était pas fait plaquer le jour de ses noces. Ils cherchaient à évaluer si elle était sérieuse. Or elle parlait peu d'elle-même, les écoutait attentivement et les charmait tous très vite.

Comme ils finissaient de manger, Gio reçut un message.

— Travis m'informe qu'ils viennent d'arriver afin d'aller à l'hélistation avec nous. Il m'a communiqué le numéro d'Imogen. Je te l'envoie sur ton téléphone professionnel ou personnel ?

— Le personnel.

Elle sortit alors ce dernier de son sac à main et, l'écran allumé, une expression déçue envahit ses traits.

— Qu'y a-t-il ?

— Rien.

Il ne put s'empêcher de penser qu'elle attendait des nouvelles du père de son bébé. Le secret autour de cette partie de sa vie commençait à vraiment l'irriter. Il allait devoir résoudre ce mystère avant de parler mariage.

Tout en se demandant comment aborder le sujet, Gio signa la note, puis entraîna Molly vers la sortie. Alors qu'ils y arrivaient, une jeune femme qui attendait qu'une table se libère se détacha de la file.

— Gio ! Il paraît que tu étais à la soirée des Donatelli, hier soir. Je devais y assister, mais j'ai raté mon avion et j'arrive tout juste.

— Ah…, dit-il le temps de se souvenir de qui il s'agissait. Content de te revoir, Jacinda.

Il ne l'était pas du tout, en fait. Elle lui rappelait sa mère. Il ne crut pas à son histoire de retard d'avion et aurait parié qu'elle n'était pas invitée mais était venue dans l'espoir de le rencontrer lui, ou un autre homme à la tête d'une fortune équivalente.

— Alors, la rumeur est vraie, déclara-t-elle en relevant ses lunettes de soleil sur sa tête pour examiner Molly. Tu épouses l'assistante de ton assistante exécutive ?

— Je ne crois pas que quiconque l'ait formulé avec si peu d'élégance.

— Nous nous sommes déjà rencontrées, intervint Molly. Je ne vous avais pas reconnue avec vos… cheveux libérés.

— Nous n'avons pas été présentées correctement l'an dernier. Vous-même avez pas mal changé depuis…

— Nous avons un rendez-vous, l'interrompit Gio.

Et pour mettre un terme à la conversation, il posa une main au creux des reins de Molly. Mais celle-ci resta résolument sur place.

— J'ai entendu dire que M. et Mme Zamos avaient eu un grave accident de voiture. J'espère qu'ils vont bien.

— Je ne me fais pas de souci pour Alexandra, elle sort

indemne de toutes les situations. Ils sont déjà de retour à Athènes, d'ailleurs.

Choqué du manque de cœur de cette femme – et visiblement Molly l'était aussi –, Gio lui dit au revoir, poussa Molly vers l'ascenseur et attendit qu'ils soient seuls dans la cabine pour lui dire :

— Tu n'avais pas à te montrer aussi gentille avec elle. Je ne la rencontre que très rarement.

Elle ne répondit pas, mais il remarqua sa soudaine pâleur et l'attribua à la grossièreté de Jacinda.

— Tu es contrariée.

— De m'être retrouvée en face d'une de tes ex-maîtresses ? Tes affaires privées ne me concernent pas.

— Serait-ce toi en mode possessif ?

Aussitôt énoncée, l'idée lui plut. Elle était donc suffisamment impliquée dans leur relation pour être irritée de rencontrer une de ses ex...

— Pas du tout. Je sais où tu étais cette nuit. Je tiens toutefois à la monogamie tant que nous sommes ensemble.

« Tant que nous sommes ensemble », voilà qui lui plaisait encore plus.

— Nous avons tous un passé, poursuivit-elle. Je serais hypocrite de me soucier du tien.

— Jacinda n'a jamais été ma maîtresse.

Elle eut un petit rire sceptique.

— Nous avons peut-être une définition différente de ce mot. À la piscine, sur le yacht, le jour où je suis venue t'apporter un document, ses seins étaient quasiment sous ton nez.

— Je ne prends pas tout ce qui m'est offert. Je décide de ce que je veux et n'abandonne pas avant de l'avoir obtenu.

À son battement de cils, il comprit que son message était passé. Puis, voyant les coins de sa bouche s'abaisser comme si sa réflexion l'avait blessée, il détendit l'atmosphère avec un trait d'humour :

— Ses seins étaient sous *ton* nez aussi. Elle les montre à tout le monde.

— Pas faux, marmonna-t-elle. J'ai eu l'impression d'avoir débarqué dans un camp de nudistes.

Tous deux gloussaient quand les portes de l'ascenseur s'ouvrirent, mais il la sentait encore perturbée par la rencontre avec Jacinda.

— Écoute, Molly, je voulais te parler de...

— Plus tard. Travis et Imogen nous attendent.

— D'accord.

Elle avait raison. La conversation qu'il souhaitait avoir avec elle devait avoir lieu en privé. Il attendrait donc d'être au calme dans la villa.

Malgré leur nuit ensemble qui aurait dû lui donner de l'assurance, Gio avait l'impression que Molly le tenait de nouveau à distance. Cela déclencha en lui un sentiment d'insécurité pareil à celui éprouvé à l'époque où rien n'était stable dans sa vie. Où les personnes censées être des constantes dans son monde le laissaient invariablement tomber. C'était odieux.

Garde bien Molly, c'est une perle.

Or, cette fois, ce ne fut pas la voix de son grand-père que Gio entendit, mais la sienne...

Les jours suivants furent très chargés, entre le travail et les visites touristiques avec Travis et Imogen. Par chance, le grand-père de Gio allait beaucoup mieux. Il se levait désormais, et avait même pu déjeuner sur la terrasse avec eux.

Après avoir mis leurs invités dans l'avion pour Milan où ils allaient retrouver leurs enfants, Molly accompagna Gio voir Ottorino.

— Avez-vous fixé la date de votre mariage ? demanda-t-il dès leur arrivée. Même si je me sens en forme pour y assister, je n'ai pas encore une multitude d'années à vivre.

— Non, répondit Molly, priant pour que Gio lui avoue enfin leur mensonge.

Celui-ci intervint sans toutefois réaliser son souhait :

— Accompagner Travis et Imogen dans leur visite de Gênes ces derniers jours nous a empêchés d'en discuter.

— Eh bien, faites-le. Prévois une grande réception si ça te chante, mon garçon, mais dépêche-toi de te marier avant que Molly change d'avis !

De toute évidence, Otto avait repris des forces s'il apostrophait son petit-fils de la sorte.

— En fait, ma mère est sage-femme et ne peut s'absenter de son travail au pied levé.

Une excuse mensongère dans la mesure où Patricia s'était organisée avec des collègues afin de pouvoir prendre le premier avion si Molly avait besoin d'elle de toute urgence.

Excuse qu'Ottorino balaya d'un revers de main impatient.

— Gio trouvera quelqu'un pour la remplacer. Vous travaillez déjà à fonder une famille tous les deux, alors prenez cette affaire au sérieux.

— Voyons, *nonno* ! s'exclama Molly.

Elle porta les mains à ses joues soudain brûlantes. Il avait probablement été averti du fait qu'ils partageaient une chambre, mais elle ne s'était pas attendue à ce qu'il le mentionne en termes si clairs.

— Eh bien, puisque tu as retrouvé toute ta pugnacité, *nonno*, nous allons faire un saut de quelques jours à Londres, déclara Gio, avant de poursuivre à l'intention de Molly avec un regard éloquent à l'appui : Tu pourras ainsi vider ton appartement, et nous en profiterons pour fixer une date pour le mariage.

Devant effectivement emballer ses affaires en vue de son déménagement, elle ne protesta pas.

Ils rejoignirent Londres en fin d'après-midi à bord du jet privé de Gio. Nelo les accompagnait car Molly voulait qu'il rencontre en personne ses homologues, l'Américaine Avigail – venue in extremis de New York – et l'Anglaise Yu. Ils avaient déjà noué des liens, mais travailler quelques jours ensemble serait bénéfique pour tous les trois, ainsi que pour Gio.

— Si tu veux organiser un exercice de cohésion d'équipe, fais-leur préparer tes cartons, suggéra-t-il après qu'ils eurent déposé Nelo à son hôtel.

— Non, j'ai déjà contacté une compagnie de déménagement. Je dormirai chez moi ce soir. Cela me permettra de prendre quelques affaires personnelles.

Et surtout de passer une nuit seule, car plus ils passaient de temps ensemble, plus ils faisaient l'amour et plus elle avait envie de voir leur relation durer toute une vie. Or c'était impossible. De plus, Gio ne le voulait pas. Ils étaient d'accord pour une liaison temporaire seulement.

— Tu n'auras qu'à me déposer, et je te retrouverai demain au bureau.

En fait, elle appréhendait de revoir ses collègues. Tout le monde l'ayant vue partir en voyage d'affaires avec le patron puis ayant appris leurs soudaines fiançailles, elle allait devoir affronter une foule de questions.

— Je vais t'aider. Tu ne dois pas avoir beaucoup de choses à prendre.

— Non, c'est bon, je t'assure, dit-elle, soucieuse de préserver son espace personnel. Tu n'as pas à m'accompagner.

De plus, même bien situé, son appartement était malgré tout très modeste comparé au type de logements auxquels il était habitué. Mais Gio insista, lui demanda de donner son adresse au chauffeur puis, une fois arrivés, la suivit au deuxième étage.

L'entrée donnait le ton. La lumière naturelle abondait dans cette pièce traversante. Un peu trop coloré pour être sophistiqué, son logement était néanmoins confortable et accueillant après une longue journée au bureau.

D'emblée, Gio s'intéressa aux photos disposées çà et là. Il passa rapidement devant celles de Patricia et de Libby – qu'il connaissait pour les avoir vues lors d'appels vidéo – et s'arrêta sur une autre.

— Qui est cet homme ?

— Serait-ce toi en mode possessif ? répliqua Molly, ne pouvant résister à lui renvoyer sa propre question.

— Ça l'est carrément, répondit-il sans la moindre hésitation.

Elle fut flattée qu'il l'imagine avec un tel homme.

— Un acteur. Enfant, il jouait dans une série dont Libby adore les rediffusions. Je l'ai rencontré dans un café du West End et je lui ai demandé un autographe. Elle l'aura pour son anniversaire.

Molly lui prit alors la photo des mains et la rangea dans son étui d'ordinateur avant d'attraper un petit sac de voyage dans un placard.

— Tu avais vraiment prévu de partir, lança-t-il en voyant les cartons empilés à l'intérieur.

— Je *pars* vraiment.

Son cœur se serra à l'idée de le quitter, surtout quand Otto parlait d'assister à leur mariage. Mais Gio était le seul responsable de cette situation mensongère.

Elle mit quelques affaires dans un sac, y ajouta un livre commencé avant son départ, puis en attrapa un autre, volumineux et relié en cuir, sur une étagère.

— Un autre cadeau pour ta sœur ?

Molly l'ouvrit. Son centre évidé contenait divers papiers d'identité.

— Non, comme tu vois, je m'en sers pour conserver ce que je dois toujours avoir sous la main. J'irai vider mon coffre à la banque, demain. Il contient les documents relatifs à la garde de Libby au cas où il arriverait malheur à maman.

Ainsi que son contrat avec les Zamos, spécifiant que, s'ils perdaient la vie, elle s'engageait à élever leur enfant, l'héritier de leur fortune.

Cette perspective raviva la peur de Molly. Si Sasha et Rafael ignoraient ses messages, était-ce parce qu'ils avaient changé d'avis et ne voulaient plus de ce bébé ? Elle refusait d'y croire, mais elle ne voyait pas d'autre explication à leur silence prolongé. Toutefois, avec cette éventualité en tête, force était de se montrer ferme avec Gio.

— On ne peut pas laisser ton grand-père se bercer d'illusions plus longtemps. Tu dois lui dire la vérité.

— Ce n'est pas si facile. *Nonno* m'a sauvé la vie quand je risquais de mourir à cause de la négligence de mes parents. Je ne peux pas le décevoir.

— Ça m'est difficile aussi, mais… Attends, tu aurais pu mourir ?

Gio se passa les mains dans les cheveux tout en arpentant la pièce.

— Tu as vu mes parents. Ce genre de personnes ne devrait pas avoir le droit de procréer.

Molly, qui ne l'avait jamais vu aussi agité à part le jour où il avait appris la maladie de son grand-père, chercha à lui prendre le bras, mais il s'écarta.

— Ils m'ont abandonné aux mains de nounous qui se succédaient à une vitesse stupéfiante. Ils étaient si occupés à corrompre ces jeunes filles qu'ils me laissaient seul en train de pleurer sans songer à me nourrir ou à me changer. C'est *nonno* qui me l'a dit. Il avait engagé des détectives qui ont interrogé quantité d'anciennes employées. Toutes étaient parties pour cause de harcèlement moral et physique ainsi qu'obligation de prendre avec eux des substances illicites.

— Otto les a laissés te maltraiter longtemps ?

— Mon père l'empêchait de me voir. Lorsque j'ai atteint l'âge d'entrer en pension, il lui a dit de payer les frais relatifs à mon éducation faute de quoi je n'irais pas. *Nonno* a accepté en échange de ma tutelle. C'est donc lui qui a reçu les rapports de l'école et appris ainsi que j'étais dénutri et très en retard dans mes études. Aussi, que je manquais des aptitudes sociales les plus élémentaires et avais des problèmes comportementaux.

— Je suis tellement désolée, Gio...

— Il m'a donc enlevé de l'école et emmené dans la villa où il a personnellement pris soin de moi avec une patience infinie. Mon père a été dissuadé de me reprendre grâce à une substantielle somme d'argent. Cela ne l'a pas empêché de menacer régulièrement *nonno* de batailles judiciaires pour récupérer ma garde jusqu'au jour où j'ai eu l'âge requis pour les envoyer, lui et ma mère, au diable.

— Je ne comprends pas comment des gens peuvent être aussi cruels, dit Molly, le cœur serré et les yeux brûlants de larmes retenues.

— C'est simple, ils se fichaient royalement de moi. Mon père m'a conçu dans le seul but d'asseoir sa place d'héritier. Même si son fils prouvait régulièrement être un incapable, *nonno* gardait espoir de le voir apprendre et s'assagir. Il m'a fallu beaucoup de temps pour faire assez confiance à mon grand-père et laisser une belle relation s'établir entre nous, mais j'ai fini par comprendre qu'il ne me laisserait jamais tomber.

Sauf le jour où la faucheuse viendrait le chercher, songea Molly.

Elle passa alors les bras autour de la taille de Gio.

— Je suis tellement heureuse que *nonno* ait été là pour toi.

— C'est pour ça que l'idée de le décevoir m'est intolérable. Sans lui, je me demande ce que je serais devenu. Probablement un bon à rien débauché à l'instar de mon père.

— Je resterais avec toi par égard pour *nonno* si je le pouvais. Mais cela m'est impossible.

Le cœur serré, Molly ferma les yeux pour retenir ses larmes. Que penserait-il d'elle s'il apprenait que l'enfant qu'elle portait n'était pas le sien et qu'elle n'allait pas l'élever ?

Gio tira doucement sur sa queue-de-cheval pour la forcer à lever la tête vers lui.

— Tu resterais vraiment avec moi ?

Elle ouvrit les paupières. Les larmes ruisselèrent sur ses joues. Ses lèvres se mirent à trembler, incapables de formuler ce qui la retenait de tout lui dire. Tout était dans le contrat enfermé dans son coffre à la banque. Un contrat dont il n'aurait jamais connaissance.

Soudain, il pressa ses lèvres sur les siennes avec force, comme pour la marquer de son sceau, puis sa bouche se fit plus tendre.

Au supplice, Molly aurait dû lui dire d'arrêter, qu'il n'y avait aucun avenir possible pour eux. Au lieu de cela, elle lui prit la tête entre les mains et approfondit leur baiser.

Soudain, Gio la plaqua contre le mur. Des deux mains, il lui arracha son chemisier qui atterrit au sol, suivi de son soutien-gorge. Comme il s'attaquait à la ceinture de son pantalon, elle se débarrassa de ses vêtements, le regardant en faire autant avec une hâte identique. Une fois nue, elle se mit à genoux devant lui et prit son érection dans sa bouche. Aussitôt, il s'appliqua d'une main à lui offrir un plaisir identique. Ils se retrouvèrent très vite allongés sur la moquette.

— Tu veux vraiment cela ? demanda-t-il d'une voix rauque.

— Je le veux.

Dans la seconde suivante, il abaissait ses lèvres sur ses seins et leur prodiguait de délicieuses attentions. Elle gémit.

Il lui écarta alors les jambes, lui souleva les cuisses, les plaça sur ses épaules et se positionna à genoux devant son intimité.

— Dis-moi que, toi, tu le voudras toujours et à jamais.

— Je le voudrai toujours.

Ce qui était vrai.

Ou était plus exactement un souhait. Hélas, un contrat l'obligerait bientôt à le quitter…

Gio la pénétra d'une profonde poussée, et ils entamèrent la danse de l'amour dans laquelle ils excellaient ensemble.

8

— J'aurais dû t'emmener dans ton lit, dit Gio sans pour autant éprouver le moindre remords.

Lui faire l'amour à même le sol n'était cependant guère représentatif de la manière dont il comptait prendre soin d'elle.

De plus, oublier tout sang-froid ne lui ressemblait pas, mais parler d'une partie de son passé sur laquelle il refusait d'ordinaire de se pencher l'avait mis à cran. Et voir les cartons de Molly lui avait rappelé la réalité de son prochain départ.

Sans le déclin subit de son grand-père qui l'avait forcée à l'accompagner en Italie, elle aurait donné son préavis, serait sortie de sa vie, et lui aurait raté l'occasion de connaître ces moments merveilleux avec elle.

Cela avait éveillé en lui un sentiment d'urgence totalement inattendu, un besoin d'elle bien plus important qu'il n'aurait dû l'être.

Et qui renaissait en cet instant où, du bout d'un doigt, elle traçait de légères arabesques sur son torse.

Mais Molly s'assit soudain.

— Je vais prendre une douche rapide.

— Je t'accompagne, lança-t-il.

Elle rit.

— Je ne suis pas certaine qu'il y ait de la place pour deux !

Et pour cause ! Sa salle de bains ne comportait qu'une minuscule cabine de douche en angle. Gio se glissa toutefois à l'intérieur avec elle pour le seul plaisir de lui savonner le corps.

Une fois qu'ils furent sortis, alors qu'elle se rhabillait, son T-shirt moula le renflement de son ventre. Gio l'avait déjà vu dans l'intimité, mais bizarrement, en cet instant, cela déclencha en lui une intense émotion. Pour la première fois de sa vie, il éprouva l'envie d'être père. Après avoir considéré ce rôle comme un devoir incontournable à un moment quelconque dans l'avenir, il se sentit soudain prêt à le remplir avec Molly.

Depuis leur soirée à Milan, en proie à un inhabituel sentiment d'incertitude, il repoussait sans cesse le moment d'aborder le sujet du mariage. Désormais, l'heure était peut-être venue. Molly lui avait affirmé quelques minutes plus tôt qu'elle le désirerait toujours. Leur divine entente physique la ferait peut-être passer outre sa décision de se marier par amour et accepter la vie confortable qu'il pouvait leur offrir à elle et à son bébé.

— Arrête de me regarder comme ça ! s'exclama-t-elle soudain.

— Je réfléchissais à une réponse à donner à *nonno.*

— Je t'ai promis trois semaines et je respecterai ma parole, mais ne t'enferre pas dans ce mensonge en lui donnant une date précise. S'il insiste, on peut parler de fin août avant la fin des vacances de Libby.

Légèrement rassuré, Gio renfila ses vêtements puis déambula dans le petit appartement. Sa décoration chaleureuse lui plut. Un petit tableau représentant un papillon en fils tendus attira son attention car il était le seul à orner les murs. Un travail soigné, mais de toute évidence l'œuvre d'une adolescente. Il regarda la signature, s'attendant à y lire le nom de Libby.

— Qui est Sasha ?

Molly revint aussitôt dans le salon.

— Oh ! tu parles de ça. Je l'ai depuis si longtemps que j'en avais oublié l'existence. C'est une amie de lycée qui l'a fait.

— Je croyais que tu avais été scolarisée à domicile.

— Ça ne m'empêchait pas d'avoir des amis.

Elle alla chercher une petite serviette de toilette dans la salle de bains, enveloppa le tableau et le mit dans son sac de voyage.

Surpris de voir ses mains trembler légèrement et son regard éviter le sien, Gio demanda :

— Me dis-tu la vérité ?

— Oui, rétorqua-t-elle si vivement qu'il en devint soupçonneux.

— Ce doit être une amie très chère pour que tu emportes ce tableau.

— En effet. J'ai encore deux bricoles à prendre, et on peut partir.

Quoique interloqué par sa manière de mettre un terme à leur dernier échange, Gio fut heureux qu'elle l'accompagne chez lui.

Molly se sentit affreusement honteuse lorsque, ayant enfin trouvé un moment pour appeler sa mère en privé, elle affronta son regard choqué via sa tablette.

— Enfin, ma chérie, tu ne peux pas rester jusqu'au mois d'août. Ta grossesse est déjà visible.

— Je le sais, mais j'étais obligée de dire quelque chose à Gio.

Surtout en comprenant après ses confidences pourquoi il tenait à être loyal envers son grand-père. Autant ses souffrances d'enfance lui serraient le cœur, autant l'homme – fort, intègre, capable de tant de gentillesse et de tendresse même – qu'il était devenu forçait son admiration.

Et son béguin pour lui n'en était que plus intense.

Or il ne s'agissait plus d'un simple béguin. Elle était amoureuse de lui. Sans le bébé de Sasha qui grandissait dans son ventre, elle serait restée avec lui aussi longtemps qu'il l'aurait voulu.

Hélas, son temps avec lui filait.

— Tu n'as toujours pas de nouvelles de Sasha ? demanda Patricia.

— Non aucune, mais nous partons demain pour Athènes où Gio doit rencontrer Rafael. S'il le faut, j'irai sonner à leur porte pour voir Sasha. Je dois savoir à quoi m'en tenir.

— Que veux-tu dire ?

— Si je vais devoir élever ce bébé moi-même.

— Tu crois que Sasha aurait pu changer d'avis ?

— Je n'en sais rien. Elle n'a répondu à aucun de mes messages. Son état de santé est peut-être plus sérieux que ce qui a filtré dans la presse.

— Mais cela n'explique pas pourquoi Rafael ne te répond pas.

— J'en suis bien consciente.

Molly ne comprenait pas la raison de leur silence. Surtout quand *elle* portait leur enfant.

— Essaye de ne pas trop t'inquiéter et, quand tu la verras, dis-lui combien Libby est curieuse de savoir qui est sa mère. Ce serait merveilleux qu'elle accepte de faire partie de sa vie.

— Elle le sait, maman, je le lui ai déjà dit maintes fois. Changeons de sujet, je viens d'entendre la porte s'ouvrir, Gio est de retour.

Comme il entrait dans le salon, elle lui sourit :

— Je suis au téléphone avec maman. Tu veux lui dire bonjour ?

— Bien sûr, répondit-il en s'accoudant sur le canapé derrière elle. Comment allez-vous, Patricia ?

— Bien. Molly m'a dit que votre grand-père va beaucoup mieux. J'en suis heureuse.

— Et moi donc. Il souhaiterait faire votre connaissance et celle de Libby. Pourquoi ne viendriez-vous pas avant la reprise des classes ? Je vous enverrais les billets d'avion, bien sûr.

Patricia, visiblement aussi surprise que Molly, marqua une légère hésitation avant de répondre :

— Je dois d'abord m'assurer qu'une collègue puisse me remplacer. Je vous tiendrai au courant.

Après avoir mis fin à la conversation, Molly se tourna vers Gio.

— Qu'est-ce qui t'a pris de les inviter ? Je t'ai donné ma date de départ. Je resterai jusque-là, pas un jour de plus, je te l'ai dit.

Il fit le tour du canapé, et vint se planter devant elle, mains dans les poches.

— Je voudrais que nos fiançailles deviennent réelles.

— Que veux-tu dire par « réelles » ?

— Je te demande de m'épouser, Molly.

— Je ne peux pas, c'est impossible.

Pourquoi diable la torturait-il de la sorte ? Ne s'était-il pas rendu compte qu'elle était tombée amoureuse de lui ? Et si c'était justement parce qu'il partageait ses sentiments ? Cette pensée lui fit retenir son souffle.

— Nous nous entendons bien, répondit-il d'une voix posée de négociateur sans aucune trace de tendresse. Non seulement au lit, mais aussi sur le plan intellectuel. Nous avons les mêmes valeurs. Tu comprends les exigences de mon travail, et je suis favorable à ce que tu poursuives ta carrière si c'est ce que tu souhaites. De plus, je souhaite fonder une famille ; or visiblement toi aussi.

Aucune mention de l'amour... Son petit espoir s'évanouit aussi vite qu'il était apparu.

— Enfin, mon grand-père t'adore, et il est impatient de nous voir mariés.

Molly retint un éclat de rire hystérique. S'il avait géré ses premières fiançailles de la même manière qu'une fusion-acquisition, elle comprenait que la jeune femme n'ait pas été capable d'aller jusqu'au bout. Elle le regarda alors en souriant.

— Donc, ton grand-père m'adore, mais toi, Gio, que ressens-tu ?

— Tu me plais. Je te respecte. Et je te désire.

— Ça ne suffit pas !

— Je ne suis pas d'accord. C'est une base solide. Nous saurons faire le nécessaire pour assurer le succès de cette union. Sinon, nous divorcerons.

— Tu connais ma position par rapport au divorce. Si tu l'envisages déjà, pourquoi parler mariage ?

— Parce que je suis convaincu que nous resterons mariés ! s'exclama-t-il avec une impatience visible.

— Tu crois vraiment vouloir passer le reste de ta vie avec moi ?

— Et ton bébé. Oui.

Le cœur de Molly se serra. Le bébé...

— Quoi qu'il se passe avec son père, tu peux m'en parler, poursuivit-il en lui prenant les mains.

Elle les lui retira.

— Je ne peux pas, Tu ne l'as pas encore compris ?

Le regard se Gio se fit soudain froid.

— Non. Mais je veux comprendre.

Molly aurait tant voulu pouvoir lui parler. Surtout après avoir entendu le récit de son passé douloureux et compris pourquoi il ne pouvait pas accorder sa confiance aux gens. Hélas, cela lui était impossible. Si elle devait élever ce bébé, le comprendrait-il ? Voudrait-il encore d'elle, d'eux ? Le problème ne se posait cependant pas encore. Espérant voir Sasha et Rafael pendant le week-end, elle temporisa.

— Pourrions-nous reprendre cette discussion dans quelques jours ? J'ai besoin d'un peu de temps.

Gio soupira.

— D'accord, reprenons-la après notre retour d'Athènes.

— Merci, répondit-elle, la gorge serrée et croisant les doigts pour avoir alors une réponse à lui donner.

Dès l'instant où leur jet se posa à Athènes le lendemain, Molly se sentit très nerveuse. Revoir les parents du bébé qu'elle portait était une question d'heures à présent.

En effet, l'assistant de Rafael avait joint une invitation privée au mail donnant le lieu et l'heure de rendez-vous entre les deux patrons :

M. et Mme Zamos espèrent voir M. Casella et sa fiancée à la soirée caritative au musée samedi soir. Ils veulent les féliciter pour leurs récentes fiançailles.

S'agissait-il d'un message codé à son intention ?

Sa nervosité était à son comble lorsque le moment de s'habiller arriva. Sa tenue pour l'occasion était une robe à taille empire en soie jaune doré qui s'évasait sous la poitrine en plis plats dissimulant son ventre naissant. Son maquillage était parfait, et la coiffeuse avait relevé ses cheveux en un élégant chignon dont deux boucles encadraient son visage.

Gio, arrivé sur ces entrefaites, haussa un sourcil admiratif.

Le cœur de Molly se serra. Depuis leur discussion, elle rêvait d'accepter sa proposition. Il ne l'aimait pas, mais était capable d'amour. Pour son grand-père. Ce qui lui laissait l'espoir qu'avec le temps il arrive à l'aimer *elle* aussi. Malheureusement, elle ne pouvait lui accorder le temps de le faire.

— La parure serpent est dans le coffre ? demanda-t-elle.

Gio ouvrit le coffre et en sortit un coffret différent.

— Je t'en ai acheté une autre. J'ai pensé que tu aimerais porter des bijoux qui t'appartiennent.

Molly écarquilla les yeux à la vue du collier qu'il lui présentait. Il était composé d'une succession de saphirs jaunes sertis de diamants avec en son centre un pendentif fait d'un plus gros saphir. Et il y avait les boucles d'oreilles assorties.

— C'est beaucoup trop !

— Il s'agit d'un cadeau de motivation, répondit-il, impassible.

Il voulait vraiment l'épouser, réalisa-t-elle avec un pincement au cœur. Mais pourquoi ? Pour les raisons si terre à terre qu'il lui avait données la veille, ou parce qu'il avait des sentiments pour elle ? Ne se sentant pas le courage de l'offenser en refusant son cadeau, elle laissa Gio fermer le collier autour de son cou.

Il posa alors ses lèvres sur les siennes tout en murmurant :

— Ceci aussi est une motivation, j'espère.

Incapable de résister, Molly approfondit le baiser. Elle était à Athènes, et il ne lui restait peut-être que quelques heures à passer avec lui, alors pas question de laisser filer la moindre occasion d'en profiter…

Et peu lui importe d'avoir l'impression de perdre une partie d'elle-même chaque fois qu'ils faisaient l'amour.

S'agenouillant, elle entreprit d'ouvrir le pantalon de smoking de Gio.

— Ce n'est pas ce que j'espérais obtenir, dit-il d'une voix soudain rauque.

Molly interrompit son geste.

— Alors, c'est un non ?

Il déglutit.

— Tu sais que j'ai toujours envie de toi.

Elle libéra son érection et la prit dans sa bouche. Il lui serra les épaules en gémissant, mais avant de perdre tout contrôle il lui saisit la main et la releva.

— Tu ne veux pas ?

— C'est *toi* que je veux. Je veux tout de toi.

Il recula alors et s'assit au bord du lit.

Elle aussi voulait tout de lui. Tout et pour toujours, mais elle ne pouvait prendre que ce qu'il lui offrait. Elle souleva les longs plis de sa robe, ôta son slip et s'assit à califourchon sur ses cuisses.

— Prends-moi, lâcha-t-il avant de s'allonger.

Molly sentit son cœur se serrer de nouveau. Ce n'était pas du simple plaisir qu'elle cherchait, mais le remarquable lien qui unissait leurs corps. La froideur de ce moment lui faisant monter les larmes aux yeux, elle abaissa ses paupières. Gio la saisit alors par les hanches. Posant les mains sur ses épaules, elle suivit le rythme qu'il lui imposa, et le posséda de la seule manière à sa disposition.

Comme ses émotions et ses sensations atteignaient leur paroxysme, les mots sortirent tout droit de son cœur, impossibles à retenir plus longtemps.

— Je t'aime, Gio ! Je t'aime !

L'extase les emporta ensemble. Mais Gio ne lui dit pas les mêmes mots en retour.

Molly venait de partir dans la salle de bains lorsque Gio reçut un message de son chauffeur.

— La voiture nous attend, cria-t-il.

Tout en se rhabillant, il ne cessait de penser à ses mots.

Des femmes avaient déjà prétendu l'aimer, y compris sa mère. Venant de Fridrika, c'était une manœuvre destinée à jouer de ses sentiments pour le faire se sentir une obligation envers elle. À la suite de cela, il avait eu ces mots en horreur pendant très longtemps.

Toutes les femmes n'étaient cependant pas des narcissiques sociopathes. Il avait fini par comprendre que l'on pouvait croire aimer quelqu'un sous le coup d'un moment passionné partagé. Lui, par exemple, aurait pu dire à Molly qu'il l'aimait en voyant ses lèvres se refermer autour de son érection. C'était une question de contexte.

Elle avait certainement une définition de l'amour plus pertinente et profonde que la sienne et n'était pas manipulatrice, mais elle avait dit vouloir se marier par amour, alors lui dire qu'elle l'aimait était-il sa manière d'accepter de l'épouser ? S'attendait-elle à l'entendre dire la même chose ?

À ce point de ses réflexions, Molly sortit de la salle de bains. Elle avait retouché son maquillage, mais son chignon était un peu moins parfait, ce que Gio trouva très sexy, tout comme ses joues encore rosies après leurs ébats. Elle lui sourit rapidement avant de mettre les boucles d'oreilles qu'il lui avait offertes.

— On y va ? demanda-t-elle en prenant sa pochette.

Puis, comme elle se dirigeait vers la porte, il réalisa qu'elle avait évité son regard. Or il avait espéré lire le fond de sa pensée dans ses yeux.

Ils rejoignirent la limousine sans échanger un mot.

Trouvant ce silence pesant, il lui prit la main. Elle referma les doigts autour des siens, mais continua de regarder par la vitre.

Dès leur arrivée au musée où Rafael Zamos et son épouse présidaient la soirée, il sentit Molly se raidir à ses côtés. Elle était donc nerveuse. Si Gio tenait pour acquis le fait d'être admis en société, elle cherchait encore ses marques parmi les privilégiés de son monde à lui. De plus, lors de sa seule rencontre avec ce couple, Alexandra Zamos s'était montrée très hautaine envers elle.

— Ne t'inquiète pas, lui murmura-t-il, ils seront polis et aimables.

Et ils avaient intérêt !

Repensant à ce jour, Gio se souvint s'être avoué pour la première fois s'intéresser à Molly plus que superficiellement. À son arrivée sur le pont, sa négociation avec Rafael le préoccupait. En outre, il était irrité de perdre du temps à batifoler dans une piscine en buvant des cocktails au lieu d'avoir une discussion sérieuse. Et Jacinda, qui lui tournait autour comme un vautour, n'avait pas arrangé son humeur. Puis Molly était apparue.

Une beauté fraîche et naturelle avec son sourire timide au milieu de ces femmes trop bronzées, trop maquillées et à moitié dénudées. Lorsque Alexandra s'était montrée offensée qu'elle ose monter sur le pont des invités, Gio s'était même demandé s'il était judicieux de poursuivre les affaires en cours avec son époux. Un accès d'animosité lui avait fondu dessus, accompagné d'un besoin de protéger Molly. Ensuite, sans doute pour réparer son manque de courtoisie, Alexandra l'avait invitée à prendre le petit déjeuner dans sa cabine.

À présent, tandis qu'ils se dirigeaient vers le couple, la nervosité de Molly empirait. Gio se sentit aussitôt sur ses gardes, sans toutefois pouvoir identifier de menace.

Rafael, qui venait de les apercevoir, quitta le groupe de ses interlocuteurs et, s'appuyant sur des béquilles, vint à leur rencontre après avoir intimé du regard à son épouse de le suivre. Celle-ci scruta la salle avec une inquiétude visible. Comme si elle était traquée…

Sentant la main de Molly serrer la sienne plus fort, il en caressa le dessus du pouce pour la rassurer. Alexandra avait l'arrogance des gens nés privilégiés. En revanche, malgré ses vêtements et montres de marque, Rafael n'était pas snob. Issu d'une famille modeste, il avait fait fructifier la petite entreprise de réparation de bateaux de son père avant de la transformer en importante compagnie de construction navale et de technologies associées. La signature de leur contrat lui permettrait d'étendre son champ d'action aux containers et ainsi de se faire une place parmi les plus grands acteurs de cette industrie. Une place dont Zamos avait plus besoin que lui mais, si Gio ne sautait pas sur ce partenariat, un autre le ferait. Il souhaitait donc l'exploiter.

Rafael s'était probablement marié par intérêt. Alexandra, une héritière américaine élevée dans un pensionnat suisse, possédait de l'argent, d'excellentes relations dans tous les milieux souhaitables et une grande beauté. Bien que capable de se montrer chaleureuse et pleine d'esprit, elle avait une suffisance que Gio trouvait rébarbative.

Le couple arrivé à leur hauteur, Alexandra adressa un sourire poli et indifférent à Molly avant de porter son attention sur Gio lorsque Rafael coinça une béquille sous son bras pour lui tendre la main.

— Content de vous revoir, Gio, dit-il avant d'ajouter à l'attention d'Alexandra : Gio était avec nous sur le yacht l'an dernier. Et cette jeune femme doit être votre fiancée ?

L'air indifférent d'Alexandra déconcerta Gio, qui répondit :

— En effet, c'est Molly.

Celle-ci tendit alors la main à Rafael et jeta un regard incertain à Alexandra.

— J'étais moi aussi à bord de votre yacht en tant qu'assistante de Gio. Nous nous sommes parlé brièvement. Vous ne vous en souvenez peut-être pas.

— Non, je ne m'en souviens pas, répondit-elle avec une indifférence affichée. À la suite d'une commotion cérébrale, j'ai tout oublié de mon passé. Je ne sais même pas pourquoi je suis ici. Je n'y connais personne.

L'expression de son époux trahit sa gêne. Il sourit à Molly, comme pour s'excuser.

Molly regarda Alexandra, bouche entrouverte, l'air stupéfait. Horrifié, même.

Elle jeta alors un coup d'œil à Rafael. Gio crut percevoir une communication muette entre eux, mais l'échange fut si fugace qu'il pensa l'avoir imaginé. Dans la seconde suivante, elle ramenait le regard sur son épouse.

— J'en suis désolée. Cela doit être affreusement perturbant.

Alexandra se passa alors une main sur les yeux.

— Ces lumières me donnent mal à la tête. Rafael a insisté pour que je vienne afin que les gens voient combien je suis diminuée.

— Je n'ai jamais dit ça !

— Que peuvent-ils penser d'autre en te voyant m'exhiber comme un animal de cirque ?

— Si vous voulez bien nous excuser, intervint Gio. Rafael, je vous retrouve à votre bureau demain.

À quelques mètres d'eux, il dit en soupirant :

— J'étais pourtant certain qu'elle ne serait pas grossière, cette fois.

— Elle a subi un important traumatisme. Pourquoi diable sont-ils venus à cette soirée ?

— Ils n'avaient pas le choix. La position de Rafael dans notre industrie est trop récente pour avoir les reins solides. Il doit se montrer sous peine de se voir supplanter et de tout perdre.

— Tout perdre ? C'est impossible, murmura Molly.

— Détrompe-toi. Le milieu des affaires est impitoyable. Tu le sais, d'ailleurs. Rafael a certes survécu à son accident, mais son état de santé le rend vulnérable. Et sa femme ne peut pas l'aider vu qu'elle a perdu la mémoire. Ce serait différent s'ils avaient un enfant.

Un frisson traversa le corps de Molly, si fort que Gio le sentit à travers sa main.

— Que veux-tu dire ?

— Malgré notre évolution, nous avons conservé notre instinct primitif. Nous protégeons nos avoirs afin de permettre à nos jeunes de prospérer. C'est pourquoi je me soucie désormais de continuer la lignée Casella. Jusque-là je n'en mesurais pas l'importance car j'étais la nouvelle génération. Mais le déclin de *nonno* m'a ouvert les yeux. S'il m'arrive quoi que ce soit, il n'y a personne en ligne directe pour prendre le relais.

— Même si tu avais un enfant maintenant, il ne pourrait pas te remplacer avant de nombreuses années.

— C'est vrai, mais je te désignerais comme mon successeur à la tête de Casella Corporation. Je sais que tu préserverais la société avec férocité si ton propre bébé devait un jour en hériter.

— Ta confiance me flatte, mais...

Ignorant son « mais », Gio lui prit les mains.

— J'ai besoin d'un héritier, Molly. Regarde ce qui arrive à Rafael...

Voyant son regard se perdre au loin et l'angoisse envahir ses traits, il ajouta :

— Partons, maintenant. Nous n'avons plus rien à faire ici.

9

Molly prétexta un sévère mal de tête pour se coucher dès leur retour à l'hôtel. Ce n'était pas entièrement faux tant son esprit était encombré de pensées angoissantes.

Sasha ne se souvenait plus d'elle ! En plus d'être tragique pour son amie, sa perte de mémoire posait un énorme problème. Que se passerait-il si elle ne la retrouvait pas très vite ? Voudrait-elle d'un bébé qu'elle ne se rappelait pas l'avoir suppliée de porter ?

Par chance, Libby ignorait l'identité de sa mère, donc elle ne serait pas exposée à son indifférence, mais ce petit être en devenir risquait de ne jamais connaître ses parents.

Tant qu'elle n'avait pas discuté avec Rafael, Molly ne saurait pas à quoi s'en tenir. Le rendez-vous avec Gio étant le lendemain, elle en saurait peut-être plus d'ici là. Après tout, l'amnésie de Sasha pouvait n'être qu'un phénomène passager.

Cette pensée optimiste ne lui permit cependant pas de trouver le sommeil. Son seul réconfort fut de sentir le grand corps de Gio contre son dos et ses bras qui la serraient. Elle s'efforça donc de bouger le moins possible et parvint à s'assoupir par intermittence.

Lorsque, le matin venu, elle se leva pour le rejoindre à la table du petit déjeuner, il fronça les sourcils.

— Va te recoucher, tu as l'air épuisée. J'irai seul à la réunion.

— Non, je peux t'accompagner. Une fois que je me serai douchée et maquillée, tu ne remarqueras même plus ma mine épouvantable.

— Ce n'était pas une critique, Molly. Je te remarquerai toujours et m'inquiéterai si tu n'as pas l'air en forme. Si ton insomnie était due à ce que tu m'as dit avant de partir à la soirée...

— Je t'en prie, arrête, l'interrompit-elle, trop mortifiée pour écouter la suite.

Lui avouer son amour sans préavis et ne rien entendre en retour avait déjà été assez humiliant. Revenir sur ce sujet n'en serait que plus douloureux.

Mais Gio lui prit la main.

— Tu comprends que ma réserve émotionnelle est le résultat de la manière dont j'ai été traité dans mon enfance, j'espère. Il m'a fallu très longtemps pour accepter l'idée que mon grand-père tenait énormément à moi. J'ai appris à ne pas m'attacher aux gens, ils finissent toujours par me quitter.

Tout en l'écoutant, Molly scruta son regard, à la recherche d'autre chose que de l'inquiétude. De la tendresse, de l'affection, un signe lui indiquant un sentiment semblable au sien. Elle y vit de l'anxiété, mais du feu brûlait aussi dans ses yeux.

— Tes mots m'ont pris par surprise. Tu ne dirais jamais rien de tel légèrement, j'en suis certain. Que tu aies prononcé ces mots représente beaucoup pour moi.

Même si Gio était sincère – et elle pensait qu'il l'était –, ses paroles restaient décevantes. Ce n'étaient pas celles qu'elle espérait. Pour ne rien arranger, elle sentit sa bouche se mettre à trembler, ses yeux la picoter. Des preuves évidentes de son attachement à lui, gênantes en pareil moment.

À cet instant, son téléphone personnel, qui ne la quittait jamais depuis l'accident de Sasha et de Rafael, bipa, lui annonçant l'arrivée d'un message.

— C'est bien tôt pour que Libby se manifeste, lui fit remarquer Gio.

Mais son correspondant était Rafael.

Je dois absolument te parler. Quand pouvons-nous nous rencontrer ?

Le choc dut transparaître sur son visage, car Gio demanda aussitôt :

— Que se passe-t-il ?

— Rien, c'est maman qui finit juste de travailler, répondit-elle tout en tapant sa réponse. Si cela ne t'ennuie pas, je vais suivre ton conseil et me reposer dans la chambre pendant que tu iras à ton rendez-vous.

C'était également la teneur du message envoyé à Rafael, lui demandant aussi de venir la rejoindre dès qu'elle serait seule.

Gio fronça les sourcils, scruta son regard, puis finit par acquiescer.

Une heure plus tard, Gio à peine parti, Molly avertit Rafael. Sur ce, alors qu'elle s'apprêtait à prendre une douche, le téléphone intérieur sonna.

— M. Rafael Zamos demande à vous voir, madame.

— Faites-le monter.

Le temps qu'elle troque en toute hâte son pyjama contre une robe légère, la sonnette de sa chambre retentissait.

— Tu es arrivé terriblement vite.

— J'étais dans ma voiture devant l'hôtel. J'attendais le départ de Gio.

Rafael avait aussi mauvaise mine qu'elle. De plus, son visage se contracta de douleur quand il s'appuya trop brusquement sur ses béquilles en entrant.

— Nous avons très peu de temps, alors, dis-moi. Alexandra a vraiment perdu la mémoire ?

— Oui. J'espérais que te voir hier soir réveillerait ses souvenirs. J'aurais dû te contacter plus tôt, mais depuis l'accident je vis un véritable cauchemar. Les opérations, les médicaments qui m'abrutissent. Je peux à peine travailler une heure ou deux.

— Je le comprends.

— Et toi, comment vas-tu ? Et le bébé ?

— Bien. Nous allons tous deux très bien. Mais Gio est au courant de ma grossesse.

— Tu lui en as parlé ?

— Non. Il a compris quand j'ai été prise de nausées matinales. Puis je me suis évanouie en apprenant votre accident. Il n'a cependant pas fait le lien entre mon malaise et cette nouvelle. Et il ignore tout de notre accord.

Rafael, quant à lui, ignorait l'existence de Libby et son lien avec Sasha. Que de secrets...

— Mais pourquoi se fiancer si subitement ?

— Pour aider Gio à sortir d'une situation pénible. Il avait besoin de mon aide. Qu'allons-nous faire maintenant, Rafael ?

— Je ne sais pas. J'ai dit à Alexandra que nous attendions un bébé, mais...

Il s'interrompit quand la porte s'ouvrit brusquement sur Gio. À son expression, celui-ci semblait certain de l'avoir surprise en pleine infidélité, réalisa Molly. Prise de court, elle bégaya :

— Pourquoi es-tu revenu si vite ?

— Un embouteillage a obligé mon chauffeur à faire demi-tour, et j'ai vu un homme avec des béquilles entrer dans l'hôtel. Voilà pourquoi tu as refusé de me révéler l'identité du père de ton enfant. Il est marié !

— Non, Gio. Rafael, dis-lui.

— Je ne veux rien entendre. Rentrez chez vous, Rafael, et faites vos bagages parce que je mets un terme à notre marché. Que cela ruine votre compagnie n'est pas mon problème. La prochaine fois, vous y réfléchirez à deux fois avant de tromper votre femme.

Rafael tenta de l'interrompre, mais Gio poursuivit sans l'écouter.

— Quant à toi, Molly, je t'ai dit que, quelle que soit la situation du père, je ne jugerais pas. Mais au lieu d'être franche, tu as continué à le voir en cachette. C'est impardonnable.

Molly tenta une fois de plus de clarifier la situation.

— Je ne pouvais rien te dire. J'ai signé un accord de confidentialité. Je t'en prie, Rafael, parle-lui.

Rafael, le visage sombre, les mains crispées sur les poignées de ses béquilles, déclara, dents serrées :

— Je suis effectivement le père de ce bébé. Et mon épouse est sa mère.

Le haussement de sourcils de Gio trahit son incompréhension. Molly la dissipa, soulagée de pouvoir enfin lui dire la vérité.

— Je suis leur mère porteuse Je n'ai jamais couché avec Rafael. Je t'ai dit ne pas avoir de relation amoureuse avec le père.

— Je demanderais volontiers à Alexandra de le confirmer, mais elle est amnésique. Peut-être vous contenterez-vous de la parole du spécialiste qui a procédé à l'implantation de l'embryon à Londres ?

Gio les regarda, visiblement stupéfait, avant de demander à Molly :

— Pourquoi avoir accepté cela ?

Elle lui donna la même version qu'à Rafael, le mensonge évitant à Sasha d'avouer avoir donné naissance à un enfant lors de son adolescence, et à elle de révéler leur lien.

— Ma mère étant sage-femme, j'ai toujours été consciente des difficultés de certaines femmes à tomber enceinte. Leur situation m'a touchée. De plus, tu sais à quel point je suis proche de Libby. Si mon père m'a aidée à payer mes études, le futur de ma sœur ne dépend pas de lui. Je voulais être capable de lui offrir les mêmes avantages que moi dans la vie.

En vérité, dès la naissance de Libby, un fonds fiduciaire avait été créé à son intention, auquel elle aurait accès plus tard, mais seules Molly et sa mère étaient au courant.

— Alors tu fais cela pour de l'argent ? Si tu avais besoin d'une augmentation, il te suffisait de me la demander.

— En plus d'exposer son corps au stress, intervint Rafael, Molly a mis sa carrière entre parenthèses. Il est normal qu'elle soit dédommagée.

Gio la regarda en secouant la tête comme s'il ne la reconnaissait pas.

— Tu vas porter ce bébé pendant encore des mois, puis le donner à des inconnus ?

Sasha n'était pas une inconnue, mais un membre de sa famille. Hélas, elle ne pouvait lui dire cela. Ce que Molly avait craint était arrivé. Il se faisait une idée encore plus fausse d'elle.

— Que vous mettiez un terme à notre marché m'importe peu, intervint Rafael d'un ton menaçant. Mais laissez ma femme hors de cela. Elle a seulement voulu nous donner un bébé, de la seule façon possible. Et ne vous en prenez pas à Molly, elle n'a fait que nous aider. Si vous faites quoi que ce soit qui lui nuise, ce dont ce bébé souffrira par extension, mes représailles seront rapides et définitives, croyez-moi. Les gens comme vous, nés avec une richesse insolente à leur disposition, ignorent quel enfer certains d'entre nous doivent traverser pour s'en sortir.

L'espace de quelques secondes, suite aux propos blessants de Rafael, un silence pesant plana dans la pièce. Souffrant pour Gio, Molly le rompit :

— Il ne ferait jamais rien de tel, même en proie à une colère que je comprends.

— Tu n'as pas besoin de prendre ma défense, répliqua Gio.

— De toute façon, je préfère ne pas tenter le diable, déclara Rafael avec fermeté. Quant à toi, Molly, prends tes affaires. Tu t'installeras dans la villa avec Alexandra. Elle a besoin de temps pour s'habituer à l'idée de devenir bientôt mère.

À l'agonie, Molly revit Sasha adolescente déterminée à abandonner un nouveau-né qu'elle aimait pourtant, puis plus tard refuser de voir Libby parce que la quitter avait été trop douloureux.

— Tu veux dire qu'elle ne veut plus du bébé ?

— Moi, je le veux !

Elle regarda Gio. Sous la colère encore visible sur ses traits, elle discerna l'incrédulité et une douleur certaine. Une phrase lui revint en mémoire : « J'ai appris à ne pas m'attacher aux gens, ils finissent toujours par me quitter. »

Elle tenta une dernière fois de se justifier.

— J'ai essayé d'être aussi franche que possible. Je t'ai dit que je ne pouvais pas t'épouser. Que ma grossesse rendait toute vie ensemble impossible. Je t'ai aussi dit…

Gio leva une main impatiente tout en détournant la tête. De toute évidence, il ne voulait pas s'entendre rappeler qu'elle lui avait avoué son amour.

Elle ôta alors la bague de fiançailles, lui souleva la main et la déposa à l'intérieur.

La première question de *nonno* au retour de Gio fut :

— Où est Molly ?

— Partie. Notre mariage n'est plus d'actualité.

Depuis leur séparation, et même s'il avait aussitôt endossé la cape d'indifférence qui lui avait permis de survivre à ses premières années, il ne cessait de se remémorer chacune des paroles de Molly. Elle avait dit l'aimer, il l'avait crue. Mais cet aveu était survenu alors qu'ils allaient rencontrer les Zamos. Alors, quel crédit lui accorder ?

La trouver avec Rafael lui avait causé un choc d'une intensité encore jamais égalée. Les révélations s'étaient ensuite succédé, toutes aussi stupéfiantes. Une accumulation de déceptions dont chacune lui donnait l'impression d'avoir été trompé une fois de plus. L'avertissement de Zamos de ne pas s'en prendre à son épouse malade ou à Molly l'avait vexé, et il l'avait été plus encore qu'elle cherche à le défendre, pour l'abandonner quelques minutes plus tard.

Tout bien réfléchi, Molly avait une vision très biaisée de l'amour et se jouait de lui depuis le début. Elle était donc aussi manipulatrice que sa mère.

Cette idée était si douloureuse que Gio était finalement soulagé de savoir leur histoire terminée. Sa souffrance passerait. La comédie était finie. Sa vie était à nouveau simple, claire et nette. Vide aussi…

— Je t'ai menti, *nonno*, admit-il. Molly était bien mon assistante. Ton état de santé m'inquiétait aussi. Quand j'ai vu que sa présence t'égayait, je lui ai demandé de prétendre être ma fiancée.

— Je le sais. Je suis vieux, mais pas stupide.

— Pourtant, tu m'as demandé de la garder.

— J'étais sincère. Pourquoi ne l'as-tu pas fait ?

— Parce que…

Gio s'interrompit avant de céder à l'envie de parler à *nonno* de la grossesse. De lui dire comment son monde s'était écroulé en quelques minutes.

— Parce que quoi ?

— Elle n'était pas la personne franche et désintéressée que je croyais. L'argent la motivait.

Nonno haussa un sourcil dubitatif.

— Tu crois ça ? A-t-elle gardé la bague ou le collier serpent ?

— Non.

Ce qui, de manière perverse, perturbait Gio. Non seulement elle lui avait rendu la bague, mais elle n'avait rien pris de ce qu'il lui avait offert. Après son départ, ses vêtements étaient encore dans l'armoire et la parure de saphirs sur la table de nuit. Elle avait même laissé son téléphone et son ordinateur professionnels alignés sur la commode de leur chambre à côté de ses badges d'accès aux locaux de Casella Corporation. Badges qui donnaient à son départ un aspect encore plus définitif.

De toute évidence, elle préférait être entretenue par Rafael que par lui.

Malgré son sentiment de trahison, Gio avait essayé de donner à Molly le bénéfice du doute. Certes, elle était libre de faire ce qu'elle voulait de son corps, mais il ne parvenait pas à l'imaginer porter l'enfant d'un couple pour le seul côté financier. La phrase de Rafael sous-entendant qu'il ignorait les circonstances qui l'avaient motivée pour avancer dans la vie le perturbait.

Molly avait un avenir tout tracé ainsi qu'un salaire très généreux, même en travaillant pour Valentina. Il avait d'ailleurs été très étonné de trouver son appartement si petit et si simple, mais il s'était souvenu qu'elle lui avait expliqué vivre modestement afin d'aider sa mère à rembourser l'emprunt de la maison qui devait lui revenir un jour.

Constatant que son grand-père le regardait l'air interrogateur, il déclara :

— J'avais vu en Molly une future mère pour nos enfants. Puis j'ai changé d'avis. Elle n'a pas un sens de la famille suffisamment élevé.

— Tu te trompes, Gio. Elle est très proche de sa mère et de

sa sœur. Si tu veux connaître le fond de ma pensée, je mettrais ma main à couper qu'elle est amoureuse de toi.

Elle lui avait dit l'être, et il l'avait laissée partir avec un autre homme...

Fort du principe que, si elle l'avait réellement aimé, elle aurait été franche avec lui et ne serait pas partie sans un regard en arrière, il s'était muré dans le silence.

Or elle avait peut-être regardé. Il ne le saurait jamais pour s'être absorbé dans la contemplation de la vue jusqu'à son départ.

— Tu l'as forcée à se fiancer, reprit *nonno* d'un ton pensif. De mon côté, j'ai insisté pour un mariage rapide, pensant qu'être lié à elle te permettrait d'ouvrir ton cœur. Une femme a besoin de se sentir aimée avant de s'engager.

Après une légère pause, il ajouta :

— Tu sais, une vie sans amour, c'est très long.

— Je m'en suis passé jusque-là. Ce n'était pas si mal.

Les yeux de *nonno* s'embuèrent soudain.

— Je t'aime, Gio, et ce, depuis le jour où j'ai su que tu avais été conçu. J'aurais dû te le dire plus tôt au lieu de te laisser croire que personne ne t'aimait. Je m'en voudrais toute ma vie de ne pas l'avoir fait. Tu es en colère parce que tu as été blessé. Parle à Molly, ne la laisse pas se poser des questions et être malheureuse comme toi.

— Elle va bien, grommela Gio entre ses dents serrées. Elle a sa mère, et sa sœur.

Mais, malgré son profond attachement à sa famille, elle n'aurait pas le bébé qu'elle portait.

Comment avait-elle pu imaginer pouvoir l'abandonner ? ne cessait-il de se demander. Il l'avait vue caresser subrepticement son ventre avec tendresse. Avec amour, même. Alors, pourquoi avoir accepté de le porter puis de s'en séparer ? Cela serait affreusement douloureux, c'était certain. Plus il y pensait, plus ses motivations le déconcertaient.

— Ce n'est pas moi qui suis parti, reprit-il. Aussi, si elle veut me parler, elle sait comment me joindre.

Après avoir pris congé de son grand-père, Gio planifia un voyage à New York. Tout à Gênes lui rappelant Molly, à commencer par les regards gênés des employés du bureau, ce ne serait pas pire là-bas. Une fois sur place cependant, il ne put s'empêcher de penser à elle. Des mères poussaient des landaus. Des femmes marchaient une main posée sur leur ventre et un sourire tendre aux lèvres. Et, facteur supplémentaire, Patricia et Libby Brooks n'habitaient pas très loin de New York. Or cela faisait un moment qu'il voulait les rencontrer.

En définitive, où qu'il aille, des souvenirs surgissaient. Comment allait Molly ? Avait-elle toujours des accès de fatigue ou la tête qui se mettait à tourner subitement ? Cela lui rappela son évanouissement dans son appartement de Gênes. Il avait été si inquiet...

Bon sang ! Il venait juste de lui annoncer l'accident des Zamos. Rien d'étonnant à ce qu'elle ait perdu connaissance. Le choc avait dû être terrible. Que se serait-il passé si Rafael et Alexandra étaient morts ? Lui aurait-elle tout révélé de leur accord ? Seraient-ils encore fiancés à présent ?

Gio ne souhaitait pas leur mort, bien sûr. Il n'avait d'ailleurs pas résilié le marché, et s'était contenté de le mettre en sommeil. Et que Rafael ne le contacte pas l'arrangeait.

Alors qu'un après-midi il broyait du noir, sur une impulsion, il envoya un message à Patricia Brooks.

Je souhaiterais discuter avec vous. Quand puis-je venir vous voir ?

La réponse arriva par retour :

Demain serait parfait. Libby sera en classe. Je vous envoie l'adresse.

Il fut surpris qu'elle accepte aussi spontanément, mais il confirma sa venue. Même si une simple conversation aurait pu avoir lieu en vidéo, il voulait voir l'endroit où avait vécu Molly.

Le lendemain matin, Gio libéra son chauffeur et prit le volant pour le New Jersey. La résidence des Brooks était à environ deux heures de route. Il l'atteignit en milieu de matinée. La maison, modeste mais pittoresque, se dressait au bout d'une courte allée au milieu d'un jardin sommairement entretenu, en bordure d'une forêt. Une voiture était garée devant le porche, récente et d'une marque haut de gamme en matière de sécurité.

Patricia ouvrit la porte avant qu'il n'ait eu le temps de sonner.

— Bonjour, Gio. Entrez, je viens de faire du café.

Elle l'introduisit dans un salon confortable avant de demander :

— Comment prenez-vous votre café ?

— Noir et sans sucre.

— Asseyez-vous, je reviens.

Patricia partie dans la cuisine, Gio observa rapidement la pièce. En plus du canapé simple mais confortable installé face à la télévision, il y avait un coin de travail avec ordinateur et imprimante et un grand meuble bibliothèque où des romans côtoyaient des livres de médecine.

Deux minutes plus tard, elle était de retour avec deux mugs. Elle en posa un sur la table basse et fit pivoter la chaise du bureau.

— Je vais m'asseoir pour boire mon café, si cela ne vous dérange pas. Une de mes patientes ayant accouché dans la nuit, je n'ai dormi que quelques heures.

— Vous auriez dû me prévenir, je serais venu un autre jour.

— Vous auriez préféré ?

— Non, reconnut-il, toujours debout et trop nerveux pour s'asseoir. Je vous remercie de me recevoir. Comment va Molly ?

— Je ne me fais aucun souci pour sa santé.

Gio saisit cette occasion d'entrer dans le vif du sujet.

— Mais vous vous en faites pour autre chose.

— Elle vient de mettre fin à une relation très importante à ses yeux. De plus, elle est dans une situation compliquée, qui l'empêche de rentrer chez nous. J'aimerais l'avoir à mes côtés pour prendre soin d'elle.

L'entendre parler de « relation très importante à ses yeux » déstabilisa quelque peu Gio, qui reprit cependant le cours de ses pensées.

— Votre autre cause de souci concerne-t-elle sa décision de porter l'enfant d'un couple ?

— Je suis moi aussi liée par une clause de confidentialité, répondit Patricia avec un sourire peiné. Mais je peux vous dire que j'ai conseillé Molly exactement comme je l'aurais fait avec n'importe qui envisageant une grossesse. Nous avons longuement parlé des risques. Finalement, la décision lui appartenait. En tant que sage-femme et sa mère, mon rôle est de la soutenir du mieux que je peux. Ce n'est pas une décision qu'elle a prise à la légère.

— J'espère bien que non, marmonna Gio, se retournant pour arpenter à nouveau la pièce.

Sur le petit espace de mur qui n'était pas occupé par des étagères pleines de livres, il y avait des photos. L'une montrait Molly bébé dans les bras d'une Patricia plus jeune. Sur une autre elle souriait largement, exhibant ses dents de devant manquantes. À onze ou douze ans, on la voyait remporter un prix. La prochaine la montrait vêtue d'une jolie robe pour ce qu'il imagina être son bal de promotion.

Sur une photo, elle donnait fièrement un biberon à Libby, pensa-t-il. Une autre la montrait avec la petite fille sur les genoux pendant qu'elles lisaient un livre. Sur une troisième, elles étaient avec le Père Noël.

— Comment va votre grand-père ?

— De mieux en mieux, répondit-il distraitement, toujours en train d'étudier les photos.

— C'est pour savoir si j'approuvais la décision de Molly que vous vouliez me voir ? demanda Patricia, cherchant à attirer son attention.

— Oui.

Gio se retourna à temps pour voir son expression tendue se transformer en un sourire attentif.

— Je n'ai pas vraiment approuvé vos fiançailles, vu les circonstances, mais Molly a un grand cœur. Elle voulait soulager l'esprit de votre grand-père. Puis la situation est devenue incontrôlable.

— Je sais. Je l'ai mise au pied du mur. Et je comprends qu'elle n'ait pas pu m'expliquer les circonstances de sa grossesse. En revanche, ce que je ne comprends pas, c'est pourquoi elle fait ça. C'est la personne la moins matérialiste que je connaisse, et on ne peut pas dire que vous viviez dans la pauvreté.

Il lui montra le salon d'un geste de la main avant d'ajouter :

— Elle a dit le faire pour Libby. Pour payer ses études et lui donner un bon départ dans la vie, comme vous et son père l'avez fait pour elle.

Le visage de Patricia se figea, puis elle baissa les yeux vers sa tasse en prenant une gorgée de café.

— N'est-ce pas le cas ? demanda Gio, soudain soupçonneux.

— Le père de Molly l'a aidée à financer ses études, ce qu'il ne fera pas pour Libby. Avec son grand cœur, ma fille tient à ce que sa sœur bénéficie des mêmes avantages qu'elle et ait même plus que ce qu'elle a pu avoir.

Patricia ayant répondu à sa question de manière indirecte et en évitant son regard, les soupçons de Gio s'intensifièrent.

— Est-ce que Molly en est la mère biologique ?

— De Libby ? Non ! s'exclama-t-elle, visiblement sincère. Pourquoi diable pensez-vous ça ?

— Parce que toute cette histoire n'a aucun sens !

Comme, exaspéré, il tournait la tête, il vit deux tableaux d'animaux en fils tendus similaires à celui que Molly avait dans son appartement à Londres. L'un était signé par elle, l'autre par Libby.

À côté, il y avait une photo récente des sœurs. Elles étaient assises sur un rocher surplombant une rivière.

Le soleil illuminait les cheveux blonds de Libby de reflets dorés. À onze ans, son profil ne laissait encore qu'entrevoir les traits qu'elle aurait à l'âge adulte, mais il était évident qu'elle serait belle.

Un sentiment de déjà-vu frappa alors Gio. Un autre visage se présenta aussitôt à son esprit. Puis une phrase prononcée à bord du yacht de Rafael Zamos : « Que faites-vous ici, *vous* ? » Ce jour-là, il avait été concentré sur l'arrivée de Molly sur le pont, mais à présent il se souvenait de la petite inflexion significative dans la voix d'Alexandra, celle qui avait accentué le « vous » final.

Molly tremblait. Il avait mis cela sur le compte de la nervosité d'être le centre de l'attention générale, mais les deux femmes s'étaient reconnues. C'est pour cela qu'Alexandra avait demandé à Molly de partager son petit déjeuner le lendemain. À l'époque, il avait pris cette invitation pour le caprice d'une héritière archi-gâtée.

Tous ces éléments assemblés, il eut l'impression que le sol se dérobait sous ses pieds. Il se tourna lentement, puis demanda :

— Qui est Sasha ?

Patricia devint livide.

— Je vous demande pardon ?

— Sasha est un diminutif d'Alexandra, n'est-ce pas ?

Une autre phrase, de Rafael, cette fois, lui revint en mémoire : « Ma femme a seulement voulu nous donner un bébé, de la seule façon possible. » Puis une de Patricia : « Molly a un grand cœur. »

— C'est pour ça que Molly porte ce bébé, dit-il alors. Elle veut donner un enfant à la mère de sa sœur.

10

Au cours des huit semaines écoulées depuis leur séparation. Gio avait eu l'impression de vivre dans un brouillard empoisonné, incolore, où sa seule sensation était le poids de l'existence.

Lorsque Molly s'imposait à son esprit, il érigeait un mur entre lui et ce qu'ils avaient partagé. Il refusait de se souvenir de son affection pour cette femme dont la seule motivation était le gain financier.

Après avoir compris, lors de sa visite à Patricia Brooks, pourquoi Molly avait accepté de porter l'enfant des Zamos, le brouillard en lui se leva. Il parvint à penser clairement. Molly avait été sincère avec lui. Elle avait respecté le secret de son amie. Quand elle avait dit ne pas pouvoir l'épouser, c'était vrai.

Elle lui avait dit : « Je t'aime », et le pensait.

Puis elle était partie.

Mais avec sa clarté d'esprit, la douleur revint, aussi vive et atroce qu'au premier jour. Personne n'aurait dû l'affecter à nouveau de la sorte. C'était trop dévastateur.

Gio continua de mener ses affaires depuis Gênes afin de passer le plus de temps possible avec son grand-père. Pour cette raison, il limita ses déplacements. Et il redevint l'homme qu'il était avant l'entrée de Molly dans sa vie. Il travaillait et assistait aux événements caritatifs incontournables, se forçant même à y aller en galante compagnie. Il n'avait aucune envie de commencer une relation de quelque nature que ce soit, mais il devait assurer son héritage.

— Les avocats demandent si nous abandonnons le marché d'Athènes ? lui demanda Nelo un matin en entrant dans son bureau.

Ne supportant plus de vivre avec ce constant et pesant rappel, Gio décida qu'il était temps d'en finir.

— Organisez un rendez-vous avec Zamos. Dites-lui que ma dernière offre tient toujours. Je ne négocierai pas. C'est à prendre ou à laisser.

Quelques jours plus tard, Rafael entra dans son bureau, seul, sans la moindre claudication.

Gio fit signe à Nelo de sortir avant de déclarer :

— Vous êtes venu sans avocat ni assistant ?

— Le service juridique a examiné le contrat. Nous savons tous deux que j'ai besoin de cet accord et que je ne peux pas négocier, surtout étant donné tout ce que vous savez de mes affaires personnelles.

— Je ne vous escroque pas. Les conditions ont été négociées en bonne foi avant votre accident et le reste.

Cependant, Gio savait des choses. Des choses que même Rafael ignorait sur sa femme. C'était un moment saisissant où il comprenait exactement le pouvoir qu'il détenait sur son interlocuteur. D'un autre côté, Rafael savait des choses que lui ne connaissait pas.

Il se mordit l'intérieur de la joue, refusant de demander : *Comment va-t-elle ? Où est-elle ?*

Vraisemblablement, Rafael la voyait tous les jours. Il voulait le haïr pour ça, mais il n'y arrivait pas.

Ses paroles lui revinrent en mémoire. « Si vous faites quoi

que ce soit qui nuise à mon bébé, mes représailles seront rapides et définitives. »

Rafael protégeait son enfant à naître et avait également défendu Molly. Il ne pouvait s'empêcher de le respecter pour cela.

— Signons, et je m'en irai d'ici, marmonna Rafael, toujours debout devant lui.

Gio se leva. Ils s'assirent tous les deux à la petite table devant le canapé. Rafael ouvrit le dossier. À part la mise à jour des dates qu'ils paraphèrent, ils n'apportèrent aucune modification au contrat. Le marché fut finalisé en silence et scellé par leurs signatures.

Si Rafael était soulagé, il ne le montra pas. Il devait pourtant l'être, car cette alliance allait considérablement alléger sa trésorerie et signaler à ses investisseurs que, si Gio avait confiance en ses activités, eux aussi le pouvaient. Cela faisait également de toute attaque contre la société de Rafael une attaque contre Casella Corporation. La plupart y réfléchiraient à deux fois avant de s'engager sur cette voie.

— Au fait, elle va bien, dit Rafael en se levant et en rangeant le contrat dans son portfolio.

— Je n'ai rien demandé.

— Je sais. Je voulais savoir si vous étiez sérieux avec elle ou si vous l'utilisiez simplement pour vos propres intérêts. Maintenant, je le sais.

Cela dit, sa lèvre se retroussa avec mépris.

— Je l'utilise ? demanda Gio avec indignation.

— Au moins, *moi*, je me soucie de savoir si elle va bien.

Gio aurait voulu crier : *Je m'en soucie aussi !* Mais sa gorge était trop sèche. Il s'en souciait, oui. Bien trop, d'ailleurs.

Mais la douleur d'avoir été aimé de Molly puis de l'avoir perdue était intense, comme si son départ l'avait amputé d'une partie de lui-même. Il ne pouvait pas supporter l'idée de vivre dans la crainte que cela se reproduise. Mieux valait guérir au plus vite et en finir.

Dès l'instant où Molly se retrouva dans la villa des Zamos sur une île au sud d'Athènes, seule avec Sasha, cette dernière lui confia :

— Je n'ai pas vraiment perdu la mémoire.

— Tu plaisantes ? Pourquoi diable feindre l'amnésie ?

— J'ai perdu le contrôle de la situation ! À mon réveil après l'accident, en voyant mes parents à mon chevet, j'ai paniqué. Je ne savais comment faire pour les pousser à partir, à sortir de ma vie à jamais. Mais, pour être honnête, prétendre avoir tout oublié de ma vie précédente m'aidait à éviter de gérer mes problèmes avec Rafael. Ça se passait mal entre nous. J'aurais aimé t'envoyer un message, mais il aurait compris que je n'étais pas amnésique. S'il te plaît, ne lui dis rien.

— Bien sûr. Je te soutiendrai toujours. Toutefois, les mensonges prennent de l'ampleur avec le temps.

Et un jour, sans s'en rendre compte, on se retrouvait follement amoureuse de l'homme de ses rêves, puis on le rejetait d'une minute à l'autre...

Mais, ne pouvant pas dire cela à son amie, Molly poursuivit :

— Plus tôt tu lui avoueras tout, plus vite tu pourras aller de l'avant.

— Je sais, soupira Sasha tandis que ses yeux s'emplissaient de larmes.

Molly ne put lui en vouloir de chercher à se protéger. D'autant plus qu'elle souffrait encore de terribles maux de tête.

— Mais, dis-moi, es-tu sûre de vouloir ce bébé ?

— Oui, plus que tout ! Mais j'ai aussi très peur d'être une mauvaise mère.

— Ne t'inquiète pas, tu seras parfaite. J'en suis certaine.
Et Molly prit son amie dans ses bras.

Les jours s'écoulèrent alors paisiblement. Une infirmière venait une fois par semaine vérifier le déroulement de la grossesse de Molly et la santé de Sasha. Cette visite mise à part, et Rafael étant parti pour un long voyage d'affaires à travers l'Asie, elles étaient seules et remarquaient à peine la présence des employés tant ils étaient discrets.

La villa était confortable et isolée. À l'avant se trouvait un grand jardin dont les murs étaient cachés par des massifs de bougainvillées ; à l'arrière, un potager avec une porte donnant sur un pré où poussaient des arbres fruitiers et prolongé par des vignes.

Le matin, elles se promenaient dans la campagne alentour puis rentraient se baigner dans la piscine. Après le déjeuner pris sur la terrasse à l'ombre d'une tonnelle, elles faisaient la sieste et se retrouvaient pour dîner. Le soir était réservé à lire ou à regarder la télévision.

Cette ambiance sereine rappelait à Molly les mois où Sasha adolescente avait vécu avec elle et sa mère dans le New Jersey.

Elles se confiaient l'une à l'autre aussi.

Lorsque son amie lui parla de ses problèmes conjugaux, Molly s'exclama :

— Je n'aurais peut-être pas accepté de porter ce bébé si j'avais su que vous ne vous aimiez pas.

— Je l'aime, moi, répliqua aussitôt Sasha. C'est lui qui ne m'aime pas.

Une situation que Molly ne connaissait que trop bien.

Au fil des semaines, l'état de Sasha s'améliora. Elle se soucia de Libby, aurait aimé l'avertir de l'arrivée d'un petit frère ou d'une petite sœur, mais ne savait comment expliquer son existence à Rafael. Elle reprit aussi contact avec la psychologue qui les avait suivies à Londres. La jeune femme en profita pour discuter avec Molly de l'inévitable séparation après l'accouchement.

Bien sûr, abandonner son bébé serait difficile, mais elle le verrait régulièrement, comme une tante ou une marraine, Sasha le lui avait affirmé. En revanche, un autre vide l'inquiétait. Un vide déjà existant car, même si elle avait prévu de s'installer chez sa mère et Libby le temps de retrouver du travail, Gio ne faisait plus partie de sa vie.

C'est pour cela qu'un soir de sa vingt-quatrième semaine de grossesse, au lieu d'être sur un petit nuage de bonheur, Molly avait le cœur lourd.

Comme Sasha lui demandait ce qui la rendait si morose, elle répondit :

— J'avais espéré qu'en apprenant que tu étais la mère de Libby et que j'avais simplement voulu t'aider, te donner ce que tu nous avais donné, Gio aurait compris. Hélas, ce n'est pas le cas.

— Il le fera peut-être...

— Je crains que non. Bon, si nous allions nous coucher maintenant ?

Sur ce, elle se leva, puis se retourna en entendant son amie s'exclamer :

— Ciel, Molly !

Sasha regardait, l'air horrifié, une tache rouge vif sur le canapé qu'elle venait de quitter.

Gio sortait de son bureau de New York où il venait d'assister à une réunion lorsque Avigail lui tendit le téléphone.

— Un appel urgent, monsieur. Alexandra Zamos.

Une peur panique lui fondit dessus. Alexandra n'avait aucune raison de l'appeler sauf...

Il prit le téléphone.

— Bonjour, Alexandra. Que se passe-t-il ?

— Molly fait une hémorragie. Je l'emmène à l'hôpital. Pourriez-vous prévenir sa mère et prendre deux billets d'avion ? Dites-lui qu'elle peut parler de moi à Libby, qu'elle peut *tout* lui dire.

Alexandra n'avait plus rien de l'héritière capricieuse qu'il connaissait. Son angoisse était si palpable que la sienne augmenta.

— C'est beaucoup vous demander, Gio, alors que Molly et vous êtes séparés…

— C'est du passé, l'interrompit-il. Je fais le nécessaire. Tenez-moi au courant.

En ouvrant les yeux, Molly comprit à la faible lumière de sa chambre que ce devait être le milieu de la nuit. Rien d'étonnant à ce que l'anxiété la réveille après l'angoisse des heures précédentes. L'hémorragie d'abord, puis le transfert à l'hôpital en hélicoptère. Par chance, elle était arrivée à temps. Après s'être assurés que le bébé recevait assez d'oxygène, les médecins lui avaient imposé un repos total et l'avaient placée sous perfusion. Mais l'accouchement aurait quand même lieu prématurément, une ou deux semaines plus tard. Bien trop tôt…

Inquiète, elle porta sa main libre à son ventre.

— Le bébé va bien. Ton état est stable.

Au son de la voix de Gio, à peine plus haute qu'un murmure, Molly tourna la tête, le cœur battant. *Que faisait-il là ?*

— Quand es-tu arrivé ?

Il porta un doigt à ses lèvres tout en lui montrant Libby endormie sur le canapé. Puis il s'approcha.

— Ta mère est avec Alexandra. Libby était trop inquiète et elle a tenu à rester avec toi, mais le long vol l'a épuisée. Elle a aussi dû absorber un maximum d'informations en peu de temps.

— Merci de les avoir fait venir.

Après avoir commandé l'hélicoptère, Sasha avait appelé Rafael. Dans la panique, elle lui avait avoué avoir feint l'amnésie, ce qui était mal passé. Aussi, son appel suivant avait été pour Gio, qui lui avait promis de s'occuper de tout. Molly ne s'était pourtant pas attendue à ce qu'il escorte sa mère et sa sœur à son chevet.

— J'apprécie que tu sois venu, mais... tu n'as pas à rester si tu n'en as pas envie.

Un muscle tressauta sur la joue de Gio.

— Si tu ne me veux pas ici, dis-le-moi.

— Je te veux ici, murmura-t-elle.

Et comme elle s'apprêtait à lui prendre la main, la voix ensommeillée de Libby s'éleva :

— Molly ?

— Oui, ma puce. Je suis réveillée. Tout va bien.

— Tant mieux, mais sache que je suis très en colère contre toi.

Dix jours passèrent. Dix jours avec sa mère et sa sœur pendant lesquels Sasha et Rafael vinrent la voir séparément. Sur ordre de Patricia, ils lui évitèrent tout souci et donc n'abordèrent pas leurs problèmes personnels.

Et il y avait Gio. Il venait à la première heure le matin, puis le soir. Il sortait lorsque quelqu'un arrivait, mais devait rester tout près, telle une loyale sentinelle, car il revenait dès qu'elle était à nouveau seule.

Un matin, il lui apporta des fleurs, de la part d'Otto.

Cela étonna Molly. Tout le monde gardait le secret de sa maternité de substitution pour éviter que les parents de Sasha l'apprennent.

— Comment va-t-il ? Sait-il pourquoi je suis hospitalisée ?

— Il est de nouveau en pleine forme. Je lui ai parlé d'un traitement temporaire mais indispensable, d'où ma présence auprès de toi.

— Et ton travail ?

— Je travaille par téléphone. Valentina supervise nos trois mousquetaires. On se débrouille.

Il aurait pu prétendre que tout s'écroulait sans elle, songea Molly en son for intérieur avant de se décider à demander, sans être certaine de vouloir connaître la réponse :

— Pourquoi es-tu là, Gio ?

— Si j'étais hospitalisé, où serais-tu ?

À son chevet – s'il l'y autorisait –, mais parce qu'elle était amoureuse de lui. Sa présence ici signifiait-elle…

— Tu as entendu ta mère, reprit-il. Je n'ai le droit de rester qu'à condition de te laisser te reposer. Alors, fais une petite sieste.

Quelques jours plus tard, il arriva juste après le départ de Sasha.

— Je ne peux m'empêcher de penser à ce jour sur le yacht où te voir lui a causé un tel choc. Vous n'avez eu aucun contact après qu'elle a laissé Libby avec vous ?

— Non, j'en étais triste, mais c'était une période douloureuse pour elle.

— Dans l'avion, j'ai entendu ta mère dire à Libby que, si les parents d'Alexandra apprenaient son existence, ils avaient les moyens et les relations nécessaires pour essayer d'obtenir sa garde et anéantir la carrière de Patricia.

— Ils ne gagneraient pas. Le père biologique de Libby a consenti à l'adoption et a même créé un fonds fiduciaire pour elle. Cependant, vu ce que je sais d'eux, ils feraient vivre un enfer à tout le monde. Le travail de ma mère en pâtirait.

— Ils ont l'air charmants, dit Gio avec un mépris évident. On devrait les présenter à mes parents.

— Quand Sasha s'est installée chez nous, je l'enviais de n'avoir jamais à se soucier d'argent. Puis, en la connaissant, j'ai compris qu'elle était très malheureuse. J'ai alors réalisé qu'en avoir assez pour vivre confortablement était suffisant et que j'avais de la chance d'avoir une mère aimante. C'est pour cette raison qu'elle a souhaité nous confier Libby. Elle savait que nous l'aimerions comme elle-même ne l'avait jamais été. Nous adorons Libby.

Des larmes lui montant aux yeux, Gio lui caressa le bras.

— Je sais. Tu n'as pas à me donner d'explications. Nous pourrons discuter de cela plus tard.

— Au contraire. Je tiens à te dire tout ce que je n'ai pas pu te raconter avant. J'ai cru alors qu'après cette période sombre de sa vie Sasha avait agi au mieux en donnant une chance à son bébé – et à elle-même – d'avoir une vie épanouissante. Mais quand je l'ai vue sur le yacht, elle était terriblement malheureuse. Elle voulait un enfant, et son corps la trahissait. Alors j'ai voulu l'aider. Elle nous avait fait un cadeau si précieux, je *devais* lui en faire un équivalent.

— J'avoue avoir eu du mal à comprendre ta décision, surtout quand je la croyais motivée par l'argent. Mes antécédents familiaux me rendaient prompt à mal te juger.

— Je le comprends, répondit Molly malgré la boule qui lui obstruait la gorge. J'ai détesté te mentir sur tant de sujets.

— Cela ne cadrait pas toutefois avec ce que je connaissais de toi. Si l'argent t'avait motivée, tu aurais trouvé le moyen de m'épouser. Aussi, certain de passer à côté d'un point important – et c'était le cas –, je suis allé rendre visite à ta mère.

Il ne l'avait pourtant pas contactée après. Pourquoi ? Molly n'eut pas le loisir de lui poser la question car Rafael arriva. Gio les laissa alors en tête à tête.

Rafael ne restait jamais longtemps. Il prenait de ses nouvelles, de celles du bébé, lui demandait ce qu'il pouvait lui apporter le lendemain puis repartait. Molly dut donc aborder d'entrée le sujet qui la tracassait :

— Je m'inquiète terriblement pour toi et Sasha.

— Il ne faut pas. Nous voulons ce bébé et ferons tout pour lui assurer une vie heureuse, y compris régler nos différends. D'autre part, nous sommes désolés que le prix à payer pour cette grossesse ait été si lourd pour toi. Ça me ronge en permanence. Alors, je t'en prie, ne t'inquiète pas pour nous ou je mourrai de culpabilité.

Jusqu'à ces visites quotidiennes, elle n'avait jamais vraiment connu Rafael. Il était encore distant, mais lui offrait parfois de petits aperçus qui la rassuraient sur le fait qu'un être sensible se cachait derrière la façade dure qu'il présentait au monde. Cela l'aidait à comprendre pourquoi Sasha était tombée amoureuse de lui. Molly ne souhaitait qu'une chose : que le couple se retrouve avant l'arrivée du bébé.

Mais qui était-elle pour dire cela ? La simple idée de demander à Gio ce qu'il ressentait vraiment pour elle la terrifiait…

Quelques minutes plus tard, alors que Rafael venait de sortir, elle l'entendit parler à Gio dans le couloir. Il sembla dire : « Alors, en définitive, vous tenez à elle. » Le reste de leur discussion fut inaudible.

Lorsque Gio rentra dans sa chambre, il était au téléphone avec Nelo. Celui-ci ayant besoin de précisions concernant un ancien contrat, il lui demanda si elle s'en souvenait puis, l'information transmise, il partit.

Le jour arriva alors où le médecin prit la décision de faire une césarienne pour le bien du bébé et de la mère.

Patricia, Libby, Sasha, Rafael et Gio restèrent avec Molly jusqu'à son départ pour la salle d'accouchement.

— Molly ! cria Gio en courant après elle dans le couloir. Promets-moi de me revenir.

— Je te le promets.

Il lui pressa un baiser sur les lèvres, puis l'infirmier poussa le lit roulant.

Le cœur de Molly battait à tout rompre.

11

Dès le réveil de Molly après l'anesthésie, une infirmière l'emmena dans le service de soins néonatals intensifs voir le petit Atticus Brooks Zamos.

Sasha s'y trouvait déjà. Elle était en train de bercer le nouveau-né, Rafael à ses côtés, tous deux visiblement émus à l'extrême. Cela rassura Molly. Elle fut alors certaine d'avoir pris la bonne décision. Et d'aimer à jamais cet enfant.

Une grande tristesse lui fondit cependant dessus, la fameuse dépression post-partum, peut-être. Une réaction normale selon le médecin qui l'autorisa à sortir quelques jours plus tard. Atticus, lui, devait encore rester hospitalisé plusieurs semaines.

— Ne t'inquiète pas, lui dit Patricia. L'appartement est à deux rues d'ici. Tu pourras venir voir ce petit ange quand tu voudras.

— Je vous croyais descendues à l'hôtel.

— Oui, le premier jour. Ensuite, nous avons emménagé dans le penthouse de Gio. Il est plus proche de l'hôpital et possède une piscine. Libby en est enchantée, tu t'en doutes. Pour ma part, je craignais que notre présence soit un poids pour lui, mais il a su me persuader du contraire.

— Ça n'a rien d'étonnant. Il se débrouille toujours pour obtenir ce qu'il veut.

Molly se demanda toutefois pourquoi il n'était pas venu la

chercher lui-même. Était-il reparti à Gênes, une fois rassuré sur son sort ?

— J'ai été très heureuse d'apprendre à le connaître. Il me plaît beaucoup. J'espère que les choses s'arrangeront entre vous.

Molly se doucha, se lava les cheveux, puis partit avec sa mère rejoindre la limousine qui les attendait. Tout ce mouvement après des jours de repos au lit suffit à l'épuiser. À leur arrivée dans le penthouse, Libby, qui était en train de jouer aux cartes avec Gio, leva brusquement la tête.

— Oh ! flûte ! Je devais déménager mes affaires dans la chambre de maman pour te laisser la mienne. J'y vais tout de suite.

Gio se leva aussitôt, et prit le bras de Molly.

— Viens te reposer dans la mienne en attendant. As-tu besoin de quoi que ce soit ?

— Non, merci. Je vais bien.

Mais Molly n'allait pas bien et, dès qu'elle entra dans la vaste chambre avec une vue majestueuse sur le Parthénon, les larmes se mirent à ruisseler sur ses joues.

— Tu veux que j'aille chercher ta mère ? demanda Gio, visiblement inquiet.

— Non, c'est bon. Je vais m'allonger un peu.

Il ferma la porte, l'aida à s'étendre sur le lit, puis lui souleva les pieds et les posa sur le couvre-lit.

— Excuse-moi, Gio. La psychologue m'avait avertie que ce serait une période difficile. Mais je ne veux pas pleurer car ça me fait mal au ventre.

Il fit le tour du lit, s'allongea à son tour, puis l'attira dans ses bras.

— Ah ! *cuore mio*. C'est normal que tu sois triste. Tu le seras encore quelque temps, mais j'espère que tu es fière de toi aussi. Tu as fait le plus beau des cadeaux à Alexandra et Rafael.

Molly se laissa aller contre son torse.

— Tes paroles me touchent. Je ne regrette rien, sauf...

Elle déglutit.

— Sauf quoi ?

— Sauf de t'avoir blessé. J'en suis tellement désolée.

Gio leva les yeux vers le plafond dans l'espoir de retenir l'émotion qui l'étreignait.

— Oui, tu m'as blessé. Et je t'ai blessée. Je n'aurais pas dû rester éloigné toutes ces semaines. En fait, ton pouvoir sur moi m'effrayait, mais je ne suis pas parvenu à le faire disparaître. Ce n'est pourtant pas faute d'avoir essayé.

Il sut alors que le moment était venu d'être franc avec Molly. Il y avait eu trop de secrets entre eux. Seule une totale honnêteté leur permettrait d'aller de l'avant vers ce qu'il voulait par-dessus tout : un avenir avec elle. Après avoir cherché les mots justes, il resserra son étreinte.

— Étant donné mon passé, je n'attendais pas d'amour de la vie, Molly. Pourtant, dès mon premier regard sur toi, tu m'as touché plus profondément que quiconque auparavant. C'est pour cela que traiter avec toi par l'intermédiaire de Valentina me convenait. Cela me protégeait de tout risque de dérapage. Mais l'envie de te faire l'amour me consumait en permanence.

Molly eut un petit rire et pressa la tête contre son torse.

— Que tu sois mon employée était une raison suffisante pour te tenir à distance. Quand je t'ai promue au poste de Valentina, j'étais impatient de te connaître mieux, mais résolu à maintenir entre nous des rapports professionnels. Je n'y suis pas franchement arrivé.

Elle releva la tête.

— Tu traversais une période difficile.

— C'est vrai, l'idée de perdre *nonno* me terrorisait. Mais que tu veuilles me quitter me paniquait aussi, même si je pouvais à peine me l'avouer à l'époque. La maladie de mon grand-père m'a fourni le prétexte de faire passer notre relation de professionnelle à personnelle tout en gardant les choses à un niveau qui ne demandait pas une grande implication émotionnelle de ma part.

Une lueur sceptique éclaira le regard de Molly.

— Tu ne me crois pas ? J'ai la plus haute estime pour Valentina. Et, par loyauté, elle aurait accepté de jouer le rôle de ma fiancée. De plus, un mariage spontané avec elle aurait été plus plausible, étant donné notre longue relation. Mais ce subterfuge ne me serait pas venu à l'idée si elle avait encore été mon assistante. M'engager avec toi était une manière efficace de te garder près de moi, sans avouer à personne, et surtout à moi-même, que j'avais peur de te perdre. Je n'en suis pas fier. C'était malhonnête, et je n'aurais pas dû te mettre une telle pression.

Molly sourit.

— J'aurais pu refuser de jouer le jeu, dire à Otto que nous n'étions pas ensemble. Mais je ne l'ai pas fait car je tenais déjà à toi et devenir ta fiancée officielle était ma seule chance de vivre une relation avec toi.

— Comme c'est bon à entendre, murmura-t-il en lui caressant les cheveux.

— Je n'aurais toutefois pas dû laisser les choses aller si loin.

— Tu veux dire, faire l'amour avec moi, me dire que tu m'aimais ?

Elle se mordit la lèvre en hochant la tête.

— J'ai vu jusqu'où tu étais capable d'aller quand tu aimais quelqu'un, Molly. Aurais-tu un enfant de moi, si je te le demandais ?

— En tant que mère porteuse ?

— En tant que mon épouse.

Molly roula sur le dos sans répondre.

— Je m'y prends très mal, dit Gio en se relevant sur un coude. En même temps, il était effrayé de tenir tant à elle et commençait à comprendre que c'était cela l'amour. C'était cette horrible sensation de se sentir si seul loin de l'être aimé et d'éprouver un tel bonheur à son contact. D'avoir l'impression d'être « complet ».

— Tu sais, Gio, j'ai un risque plus élevé d'avoir la même complication avec une future grossesse.

— C'est tout ce que tu trouves à répondre après ce que je viens de te dire ? On peut avoir recours à une gestation par autrui, ou adopter, mais ce problème ne se posera pas avant que tu sois totalement rétablie et aies envie d'y penser. Je te demandais si tu m'aimais encore assez. Je...

Gio se tut, conscient de devoir dire les fameux mots, de lui parler du fond du cœur mais trouvant cela si difficile.

— Tu quoi, Gio ? demanda-t-elle en lui caressant la joue.

— Je t'aime, Molly. Je ne veux pas que tu repartes avec ta mère. Je veux que tu rentres à la maison avec moi. Je veux que tu sois ma femme et fondes une famille avec moi, peu importe la manière de le faire. Je te veux à mes côtés aussi longtemps que nous vivrons.

Il vit alors la bouche de Molly trembler et ses yeux s'emplir de larmes.

— Je veux tout cela aussi, murmura-t-elle, la voix étranglée. Je t'aime tellement.

Un intense soulagement envahit Gio. Il attira Molly dans ses bras et l'embrassa avec une infinie précaution tant elle lui était précieuse.

Il l'aimait éperdument. Il en avait la certitude à présent. Mais ce n'était pas dangereux, car elle l'aimait aussi passionnément.

Deux heures plus tard, Molly se réveillait de sa sieste dans les bras de Gio.

— As-tu dormi ? lui demanda-t-elle en s'étirant.

— Non, mais je craignais de te déranger en me levant. Et, pour être honnête, c'était trop bon de t'avoir contre moi. Tu m'as manqué.

Son aveu la toucha.

— Tu m'as manqué aussi. Dis-moi, ai-je rêvé que nous étions amoureux et allions nous marier ?

Gio sourit.

— Si tu l'as rêvé, je veux transformer ce rêve en réalité.

Il sortit alors de sa poche la bague de *nonno*.

— Veux-tu m'épouser, Molly Brooks ?

— Oui ! s'exclama-t-elle tandis que des larmes de bonheur lui embuaient les yeux.

La bague passée à son annulaire, tous deux allèrent trouver sa mère et sa sœur pour leur annoncer la nouvelle.

Patricia sauta au cou de sa fille. En revanche, Libby, toujours blessée des secrets qu'on lui avait cachés, demanda d'un ton sceptique :

— C'est réel, cette fois ?

— Oui, répondit Molly en serrant la main de Gio.

Libby les étreignit alors avant de lancer :

— Dans ce cas, je peux venir vivre avec vous ?

— Moi, je suis d'accord, répondit Gio. Mais je ne suis pas certain que ta mère en soit ravie.

Et, après avoir adressé un clin d'œil à Patricia, il ajouta :

— Pourquoi ne viendriez-vous pas faire la connaissance de mon grand-père avant de rentrer aux États-Unis ? Ainsi vous saurez où trouver Molly si elle disparaît.

Ils se marièrent en décembre, dans la villa de *nonno*, pendant les congés scolaires de Libby.

La cérémonie fut intime, avec seulement Patricia et Libby, Sasha, Rafael et leur adorable petit Atticus que Molly voyait aussi souvent que possible.

— Tu te souviens de moi, petit bonhomme ? demanda Libby en le prenant dans ses bras. Je suis ta sœur, mais ta tante aussi en quelque sorte.

Otto, désormais au courant du rôle de Molly dans cet heureux événement, la taquina :

— Quand vas-tu me donner un petit-enfant ?

Elle sourit. Bien que totalement remise, le médecin lui avait conseillé d'attendre quelques mois.

Le soir, ils s'envolèrent tous deux pour l'Australie en lune de miel. En l'emmenant dans la chambre de son jet privé, Gio déclara :

— Nous avons plus de vingt heures de vol. Je compte profiter de chacune au maximum.

— Montre-moi comment.

Ce qu'il fit en la déshabillant sans plus de cérémonie, et leurs corps se retrouvèrent dans un plaisir partagé.

Tandis que leurs souffles s'apaisaient, Molly remarqua le léger froncement de sourcils de Gio.

— Qu'est-ce qui ne va pas ?

— Rien. Enfin, j'envie Sasha et Rafael. Chaque fois que je les vois avec Atticus, je suis impatient d'avoir un enfant à nous. Mais cela ne me dérange pas de devoir attendre. Au cas où tu ne l'aurais pas remarqué, j'adore faire l'amour avec toi.

— J'adore aussi, mais mieux vaut prendre notre temps afin d'éviter que je me retrouve en repos forcé à l'hôpital.

— Nous devrions peut-être considérer une autre option, dit-il d'un air soudain sombre.

— Voyons d'abord si je peux tomber de nouveau enceinte.

Roulant alors sur lui, elle murmura :

— Tu m'avais fait une certaine promesse pour le moment où nous franchirions l'équateur. Nous ne l'avons pas atteint, mais que dirais-tu si je te le faisais franchir à ma manière ?

Et elle lui déposa une kyrielle de baisers sur le torse, puis de plus en plus bas.

Un râle de Gio la récompensa.

— Je t'aime tellement, *mia amata*. Tu le sais, n'est-ce pas ?

— Oh ! oui, lui assura-t-elle. Et je t'aime aussi.

Épilogue

Deux jours avant leur deuxième anniversaire de mariage, Molly donna naissance dans la villa de Gênes à un petit garçon aux cheveux châtains comme ceux de sa mère et aux yeux du même bleu que ceux de son père.

Sa grossesse s'était bien passée, suivie de près par Patricia qui avait elle-même mis au monde le nouveau-né, laissant à Gio le soin de couper le cordon.

Ce fut un pur moment de bonheur.

Alors qu'elle s'éveillait quelques heures plus tard, Molly vit son mari regardant le petit Otto dans ses bras, les yeux embués. Une soudaine inquiétude lui fondit dessus.

— Que se passe-t-il ?

— J'avais tellement peur de ne rien ressentir. Mais j'éprouve un sentiment si fort et si intense que je me retrouve impuissant devant.

— L'amour ?

— Oui.

Molly fut touchée à l'extrême de l'entendre exprimer ouvertement son émotion.

Gio était un homme affectueux et généreux. Il gâtait outrageusement Libby, qui n'en avait nul besoin, car Sasha et Rafael en faisaient autant de leur côté. Il essayait aussi d'adoucir le plus possible la vie de Patricia en lui offrant mille choses et en lui payant des vacances. Il voulait même lui acheter un appartement à Gênes, idée qui séduisait sa mère.

Et dès le début de sa grossesse, il avait refusé tous les voyages pour rester avec elle.

— C'est normal de l'aimer autant, le rassura-t-elle avant d'ajouter d'un air espiègle : Et ça ne t'empêche pas de m'aimer aussi.

— C'est ça qui m'inquiète. Tout cet amour pourrait me briser.

Le petit Otto toujours dans les bras, il vint alors s'asseoir au bord du lit, et l'embrassa.

— *Ti amo, cuore mio*. Merci pour tout ce que tu m'as donné. Non seulement notre magnifique fils, mais la capacité de vous aimer tous les deux avec une telle force.

Molly sentit l'émotion la gagner.

— Je ne sais pas ce que j'aurais fait de mon amour pour toi si tu n'avais pas ouvert ton cœur pour l'accepter.

Ils échangèrent alors un long baiser.

— As-tu pu dormir un peu ? demanda Molly, se souvenant que Gio était debout depuis la veille, lorsque ses contractions avaient commencé.

— Non, mais je le ferai bientôt. Pour l'instant, je veux le tenir. Je veux qu'il sache que je suis ici, et que je le serai toujours. Je serai toujours là pour vous deux.

Et Molly le crut. Heureuse de sentir la main de son cher mari sur la sienne, elle sombra peu à peu dans le sommeil, un sourire aux lèvres.

Vous avez aimé ce roman ?
Découvrez l'histoire de Sasha dès le mois de janvier
dans votre collection Azur !